Il nero e l'argento

증명하는 사랑

Il nero e l'argento

증명하는 사랑

파올로 조르다노 장편소설

한리나 옮김

문학동네

일러두기

1. 주석은 모두 옮긴이주다.
2. 본문 중 고딕체는 원서에서 이탤릭체 등으로 강조한 부분이다.
3. 장편 문학작품 및 기타 단행본은 『 』, 영화·연극·미술작품 등은 〈 〉로 구분했다.

나와 교제하는 그녀에게

이 이야기는 진실하고 고통스러운 실화의 일부를 문학적으로 재구성한 것이다. 소설과 실화는 차이가 있으나, 작품에 영감을 준 인물들의 본질은 실제와 다르지 않다.

누군가를 사랑한다는 건 무슨 의미일까? 군중 속에 있는 그를 알아보고, 그가 속해 있는 집단에서 그를 고유하게 떼어놓는 것. 아무리 단단한 집단이더라도. 그의 가족이든 다른 무엇이든. 그러고는 그가 자신 안에 가두고 있는, 어쩌면 전혀 다른 본성을 지녔을 그의 고유한 무리와 다양체를 찾아가는 것.

질 들뢰즈, 펠릭스 가타리, 『천 개의 고원』

차례

A 부인

내 서른다섯번째 생일에 A 부인은 그녀 특유의 고집스러움을 갑자기 포기했다. 내 눈에는 그것이 다른 어떤 성격보다 두드러졌던 그녀의 가장 큰 특징이었다. 그녀는 몸에 비해 거대해 보이는 침대에 이미 준비된 모습으로 누워 있었고, 결국 우리가 아는 세상을 떠났다.

그날 아침, 나는 짧은 출장에서 돌아오는 노라를 공항으로 마중나갔다. 12월로 접어들었는데도 겨울은 다가오길 머뭇거렸고, 고속도로 양옆으로 펼쳐진 단조로운 풍경은 엷은 안개에 창백하게 잠겨 있었다. 아직 내릴 마음이 없는 눈이 오는 것만 같았다. 노라가 전화를 받더니 별말 없이 그냥 듣기만 했다. 그녀가 말했다. "알았어, 좋아, 그럼 화요일." 그러고 나서 경험상 필요한 순간 적당한 말을 찾지 못할 때 덧붙이면 좋은 표현을 말했다. "어쩌면 그 편이 더 나았을지도 몰라."

나는 자동차를 몰아 첫번째 휴게소로 향했다. 그녀는 차에서 내려 주차장 한쪽 어딘가로 혼자 걸어갔다. 오른손으로 코와 입을 감싸쥔 채 조용히 울고 있었다. 결혼생활 십년 동안 아내에 관해 알게 된 수없이 많은 것 중 하나는 고통의 순간 혼자 있으려는 버릇이다. 그럴 때면 갑자기 그녀는 다가갈 수 없는 사람이 되고, 어느 누구에게도 자신을 위로하도록 허락하지 않는다. 나는 멀찍이서 그녀의 슬픔을 지켜보기만 하는 한낱 구경꾼으로 전락한다. 그건 이따금 내가 부족한 아량과 맞바꾼 의도한 침묵이다.

돌아오는 길 내내 나는 아주 천천히 운전했다. 그것이 슬픔에 잠긴 상대를 존중하는 적합한 방식 같았다. 우리는 A 부인에 대해 이야기를 나눴다. 과거의 몇몇 일화를 회상하긴 했지만, 거의가 특별히 일화라고 할 만한 것은 아니었다. 우리에게는 그녀에 대해 털어놓을 만한 이야기가 딱히 없었다. 우리 가족의 삶에 깊숙이 뿌리내린 익숙한 습관들뿐이었다. 그것이 우리에게는 거의 전설처럼 여겨졌다. 먼저 그녀의 어김없는 정확성이 떠올랐다. A 부인은 우리가 잠들어 있을 때 라디오에서 들은 별자리 운세를 하루도 빠짐없이 매일 아침 우리에게 알려주곤 했다. 또 그녀가 집안의 어떤 영역, 특히 주방 같은 공간을 서서히 장악했던 방식도 떠올랐다. 결국 냉장고를 열 때도 그녀에게 허락을 구해야 할 것만 같았다. 그녀가 보기에 젊은 우리가 만들어놓은 쓸데없이 복잡하기만 한 일들에 제동을 걸기 위한 그녀만의 원칙들도 있었다. 마지막으로, 그녀에게는 당당하고 씩씩한 걸음걸이와 고집스러운 인색함이 있었다. "그때 기억나? 우리가 장 볼 돈을 주고 오는 걸 깜빡했었잖아. 그랬더니 동전통의 마지막 한 닢까지 다 긁어모아 썼었지."

잠시 침묵하던 노라가 입을 열었다. "참 대단한 분이야! 우리 바베트. 항상 우리 곁에 있어줬어. 이번에도 내가 돌아올 때까지 기다려줬고."

방금 노라가 전체 그림에서 나를 간단히 배제해버렸다는 사실을 나는 굳이 지적하지 않았다. 바로 그 순간 내가 생각하던 바를 고백할 용기 또한 나지 않았다. 나는 A 부인이 내

생일까지 기다렸다가 세상을 떠났다는 생각이 들었다. 그렇더라도 우리 두 사람 모두 개인적인 짧은 위로의 말을 생각해내고 있었다. 누군가의 죽음 앞에 달리 할 수 있는 일은 없다. 고인의 허물을 덜어주고, 세상을 떠난 이가 우리에게 남겨주고 싶어했던 마지막 배려의 몸짓을 그의 공으로 돌리거나, 이성의 흐름에 따라 우연의 일치를 나열할 수 있을 따름이다. 하지만 오늘은 떨어져 있는 거리 때문에 생겨나기 마련인 냉정함 때문에 정말 그런 일이 일어났는지 믿기 어려웠다. 12월의 그날 아침 훨씬 이전에 고통은 우리에게서, 그리고 모두에게서 A 부인을 멀리 데려가 그녀를 외딴 세상의 한구석까지 떠밀었다—고속도로 휴게소에서 노라가 내게서 멀어져갔던 것처럼 바로 그렇게—그리고 거기서, 그녀는 우리를 등지고 있었다.

우리는 그녀를 바베트라고 불렀고, 그 별명을 좋아했다. 그 이름이 어떤 소속감을 나타냈기 때문이다. 그녀도 바베트가 온전히 자신을 위한 이름인데다 프랑스어 억양이 느껴지는 사랑스러운 발음이라 마음에 들어했다. 어린 에마뉘엘레는 그 이름의 의미를 전혀 깨닫지 못했을 것이다. 언젠가 우연히 이자크 디네센의 소설*이나 더 쉽게는 영화를 접하게 되면 그 이름의 연관성을 밝혀낼 것이다. 어쨌든 에마누엘레는 A 부인이 어느 순간부터 바베트가 되었고 이후로 줄곧 자신의 바베트였다는 사실을 순순히 받아들였다. 아마도 비슷한 발음 때문에 그녀의 별명을 슬리퍼**와 연관 짓지 않았을까 싶다. 보모인 A 부인이 집에 들어오면 맨 처음 슬리퍼를 신고, 하루 일과가 끝나면 다시 서랍장 옆에 가지런히 벗어뒀던 기억이 떠올랐을지도 모른다. 슬리퍼 바닥이 닳아 보기 흉해지면 노라는 그녀에게 새 슬리퍼를 마련해줬다. 그러면 그녀는 새 슬리퍼를 벽장에 넣어두고 한 번도 사용하지 않았다. 그녀의 행동은 늘 그런 식이었다. 결코 아무것도 바꾸려 하지 않았고, 몸과 정신의 어떤 변화에도 반대하는 입장이었다. 그 완고한 성격이 어처구니없고 때로는 어리석다 해도, 우리 마음에 들었다는 사실은 부정할 수 없다. 하루하루 급격한 변화 속에 있는 것 같고, 어린 식물처럼 바람에 위태롭게 흔들리던 그 시절 우리의 삶, 그러니까 나와 노라 그리고 에마누엘레의 삶에서 그녀는 안정된 존재였고,

---

* 『바베트의 만찬』. 동명의 영화도 있다.

** 이탈리아어로는 '차바테(ciabatte)'다.

피난처였으며, 우리 세 사람의 팔로도 온전히 다 감싸안지 못할 만큼 둘레가 넓은 오래된 나무였다.

그녀는 4월의 어느 토요일에 바베트가 되었다. 에마누엘레가 말을 시작했지만 아직 유아용 식탁 의자에 앉던 때였으니 아마 오륙 년 전이었을 것이다. 몇 달 동안 A 부인은 우리에게 한 번쯤 저녁식사를 하러 자기 집에 오라고 끈질기게 요구했다. 노라와 나는 초대를 거절하는 데 선수였다. 가족 모임을 암시하는 초대에도 응하지 않았던 우리는 오랫동안 그런 상황을 거부했다. 그러나 A 부인은 물러날 줄 몰랐고, 매주 월요일이면 다가올 주말을 위한 초대를 다시 제안할 준비가 되어 있었다. 결국 우리는 항복하고 말았다. 그녀가 사는 루비아나까지 운전해서 가는 동안 우리는 고도의 책임감이 요구되는 어떤 부자연스러운 일을 해내야 하는 경우처럼 이상한 집중 상태에 놓여 있었다. 우리는 A 부인과 식탁에 마주앉는 일에 익숙하지 않았다. 그때까지는 그랬다. 그녀의 집을 자주 드나들었는데도 우리 사이에는 암묵적인 계층 관계가 존재했다. 식사를 하거나 우리가 우리 일로 언쟁을 벌이는 동안 그녀는 서서 바쁘게 움직였다. 우리는 그때까지도 그녀에게 말을 놓지 않았던 것 같다.

"루비아나," 노라는 빽빽한 언덕 숲을 당황한 눈빛으로 바라보면서 말했다. "여기서 평생을 보낸다고 상상해봐."

우리는 A 부인이 남편을 떠나보내고 쓸쓸히 지내는 방 세 개짜리 아파트를 방문했고, 그곳에서 지나칠 정도로 찬사를 쏟아냈었다. 그녀의 과거에 대해 아는 정보는 거의 없었지만, 노라는 뭔가를 좀더 알고 있었다. 눈에 보이는 것에 감정적인 의미를 부여하지 못하는 우리 탓이겠지만, 불필요하게 화려한 격식을 갖춘, 약간은 수준이 떨어지지만 매우 깨끗한 집, 딱 그 정도로 보였다. A 부인은 거실의 둥근 식탁을 흠잡을 데 없이 차려놓았다. 꽃무늬 식탁보 위에는 은그릇들과 함께 테두리가 황금으로 장식된 묵직한 술잔이 나란히 놓여 있었다. 저녁식사 자체가 오랫동안 사용할 기회가 없었던 접시들을 선보이기 위한 핑계가 아니었을까 하는 생각이 들 정도였다.

그녀는 우리가 좋아하는 음식으로 구성된 메뉴로 우리를 유혹했다. 파로*와 렌틸콩 수프, 양념 커틀릿, 베샤멜소스를 곁들인 펜넬 그라탱, 그리고 직접 수확한 해바라기잎을 채

---

* 보리의 일종.

썰어 겨자와 식초로 양념한 샐러드까지. 나는 지금도 그날 먹었던 각각의 요리와 처음에 느꼈던 어색함을 점점 잊고 음식이 주는 즐거움에 빠져들던 몸의 감각을 기억한다.

"정말 바베트 같아요!" 노라가 감탄하며 말했다.

"누구 같다고요?"

그렇게 해서 우리는 그녀에게 바베트 이야기를 들려주었다. A 부인은 그 얘기를 들으며 몹시 감동했다. 두 독신녀에게 요리를 해주기 위해 '카페 앙글레'를 떠났고, 그런 후에 잊을 수 없는 만찬을 준비하기 위해 자신의 모든 돈을 쏟아부은 요리사의 모습에 스스로를 그려넣었다. 그녀는 앞치마 끝자락으로 눈가를 살짝 훔치고는, 뭔가를 준비하는 척하면서 곧바로 몸을 돌렸다.

몇 년이 흐른 뒤 나는 눈물을 흘리는 그녀를 다시 보았다. 이번에는 기쁨의 눈물이 아니라 두려움의 눈물이었다. 당시 우리는 충분히 가까웠기 때문에 난 자연스럽게 그녀의 손을 잡고 이렇게 말했다. "이겨낼 수 있어요. 많은 사람이 스스로 포기하지만, 이미 한 번 겪은 적이 있으니 그 병을 알잖아요. 아주머니는 충분히 강한 사람이에요."

정말 나는 그렇게 믿었다. 하지만 그녀는 우리에게 충분한 작별의 기회도, 그녀가 우리에게 어떤 의미였는지 표현하기에 적합한 말을 찾아낼 시간도 주지 못할 만큼 너무나 빨리 병마에 무너졌다.

천국의 새 I

삶의 마지막 순간은 빨리 다가왔다. 그러나 그것은 어떤 징조를 통해 이미 예고되어 있었다. 적어도 A 부인은 그 징조에 대해 마지막 몇 달 동안 확신에 차 있었다. 그녀는 그 일이 어떤 의미가 부여된 징조라고 받아들였지만, 사실 그건 단순한 불행이었다.

여름이 끝나갈 무렵이자 자신의 장례식이 치러지기 일 년 반 전, 그녀는 아파트 건물 뒤편에 있는 텃밭에서 일하고 있다. 양배추를 심을 공간을 마련하느라 이제는 쓸모없어진 껍질 콩 줄기를 뽑는 중이다. 그때 새 한 마리가 몇 걸음 떨어진 곳에 내려와 앉는다. 새는 그녀의 직사각형 밭에 놓인 경계석 중 하나에 올라앉는다.

예순여덟의 나이에도 여전히 허리를 숙이고서 채소밭을 돌보던 A 부인은 새가 놀라지 않게 가만히 움직임을 멈춘다. 새는 그녀를 호기심어린 눈길로 쳐다본다. 그녀는 그런 새를 생전에 본 적이 없다. 크기는 까치와 비슷하지만 색깔은 전혀 다르다. 머리 아래로 가슴까지 나 있는 레몬색 깃털은 등과 날개의 하늘색 깃털 부위까지 이어진다. 긴 꼬리에는 하얀 깃털이 나 있고, 꼬리 끝부분에 낚싯바늘처럼 구부러진 실 모양의 작은 깃털이 보인다. 새는 사람의 출현에도 놀라지 않은 것처럼 보인다. 반면에 A 부인은 그녀가 감탄하며 바라볼 수 있게 하려고 새가 거기에 내려앉았다고 느낀다. 갑자기 심장이 크게 두근거리기 시작한다. 이유는 설명할 수 없지만, 다리 힘이 풀려 주저앉을 뻔한다. 그녀는 그 새가 열대 희귀종에 속한 귀한 새가 아닐까 추측한다. 어쩌면 수집가의 새장에서 탈출했을지도 모른다. 루비아나 지역에는 그런 종류의 새가 살지 않는다. 사실 그녀가 아는 한, 루비아나에는 그런 동물을 수집하는 사람도 없다.

새가 갑자기 고개를 한쪽으로 기울이고 부리로 한쪽 날개를 쪼기 시작한다. 그 움직임이 어딘가 앙큼하다. 아니, 정확히는 앙큼한 게 아니라 뭐랄까…… 그래, 도도하다. 몸단장을 마친 새는 까만 눈으로 A 부인의 눈을 똑바로 쳐다본다. 잠시 몸에 붙은 날개를 펄럭이더니 아주 느리게 두 번 호흡하자 가슴이 부풀어오른다. 마침내 소리도 없이 돌에서 발을 떼고 하늘로 날아오른다. A 부인은 손으로 햇빛을 가리고 날아가는 새의 궤적을 눈으로 좇는다. 그녀는 새를 계속 지켜보고 싶지만, 새는 서둘러 이웃집의 털가시나무들 사이로 사라진다.

그날 밤, 그녀는 앵무새 비슷한 그 새를 만나는 꿈을 꿨다. 내게 그 이야기를 해줬을 때는 이미 병세가 깊어진 후였는데, 그 상태에서는 인위적인 요소나 단순한 추측의 결과를 객관적인 요소와 구별할 수 없었다. 하지만 A 부인이 다음 날 아침 집에 있던 발디수사 지역 서식 동물에 관한 책에서 그 새의 사진을 찾아봤다는 건 사실이라고 믿는다. 내게 직접 그 책을 보여줬기 때문이다. 또한 그녀가 그 새의 사진을 찾지 못해 조류학에 빠져 있는 화가 친구를 찾아갔던 것도 틀림없는 사실이다. 그날 방문했던 얘기를 내게 상세하게 들려줬기 때문이다.

나는 그녀와 화가가 어떤 관계였는지 제대로 알지 못했다. 그녀는 그에 대해 자세히 이야기하는 편이 아니었다. 어쩌면 그가 유명한 화가였기 때문에 불필요한 관심을 피하기 위해서였을지도 모른다. 확실히 그는 남편 레나토가 세상을 떠난 뒤에도 그녀가 교류를 이어가던 사람들 중에서 가장 유명한 인물이었다. 혹시 다른 이유라면 그녀가 질투심이 많다는 해석으로 충분하다. 내가 알기로 그녀는 가끔씩 그를 위해 요리를 해주거나 심부름을 해줬다. 하지만 본질적으로는 순수하게 함께 시간을 보내는 친구이자 동반자였다. 실제로는 그녀가 말한 것보다 더 자주 만났을 것이라는 인상을 받았다. 매주 일요일 미사 후, A 부인은 그를 만나러 가서 저녁때까지 그곳에 머무르곤 했다. 키 큰 너도밤나무들 사이에 가려진 강렬한 붉은색 전면이 인상적인 화가의 저택은 그녀의 아파트에서 구부러진 아스팔트 도로를 따라 자동차로 불과 삼 분 거리, 걸어서는 십 분 정도 거리에 있었다.

화가는 난쟁이였다. A 부인은 그를 그렇게 부르는 데 전혀 거리낌이 없었다. 가혹하게도 만족감 섞인 뉘앙스로 그 단어를 발음했다. 오랜 세월이 지난 후 그녀는 그에 대한 어리석은 생각들을 멈출 수 없었다고 고백했다. 예를 들면, 앉은 자세에서 발끝이 절대 바닥에 닿지 않는 이유가 뭘까 하는 궁금증을 멈출 수 없었다고 했다. 또 뭉툭하고 조금은 우스꽝스럽게 생겼지만 경이로운 예술작품들을 창조해내는 그의 손을 항상 지켜봤다고 했다. 그는 키가 160센티미터가 채 안 되는 A 부인이 내려다볼 수 있는 유일한 남자였다. 하지만 매우 강렬하고 풍부한 매력을 지니고 있어 그녀는 항상 압도당하는 기분이었다. 그와 가까이 지내며 아틀리에로 쓰이는 거실의 그림과 액자들 사이에 앉아 있다보면, 남편 레나토가 희귀하고 눈에 잘 띄지 않는 작품을 찾으러 지하 창고와 다락방을 함께 둘러봐주길 원했던 시절이 떠올랐다.

"아마 후투티겠죠." 8월 말의 아침, 그는 자신의 짐작을 툭 던지듯 말했다.

그는 퉁명스러웠고, 그즈음에는 그런 성격이 두드러졌다. 하지만 A 부인은 그런 태도에 개의치 않았다. 그녀는 그런 일에 익숙했다. 그녀가 언젠가 내게 말하기를, 화가의 저택에는 미술관 소유주들과 친구들, 옷을 벗고 자세를 취하는 여자들이 빈번히 드나들었다고 했다. 이제는 단 네 명의 여자만 돌아가며 그를 돌보고 있었고, 외국인인 그녀들은 그

의 화폭에 영원히 간직될 만큼 충분히 아름답지 않았다고
했다. A 부인은 알고 있었다. 화가는 거의 하루종일 과거를
생각하며 보냈고, 그림은 이제 거의 그리지 않는다는 걸, 그
는 혼자라는 걸. 그녀와 마찬가지로.

"후투티가 어떻게 생겼는지 내가 모를까봐요, 그것과는
아무 상관 없다고요." 그녀는 쌀쌀맞게 맞받아쳤다.

화가는 살짝 튀어오르듯 소파에서 일어나 옆방으로 사라
져버렸다. 혼자 남은 A 부인은 그 집이 익숙하지 않은 사람
처럼 거실을 훑어보았다. 그녀가 특히 좋아하는 그림은 미
완성 상태로 바닥에 놓여 있었다. 테이블에 앉아 있는 여인
의 누드화였는데, 살짝 벌어진 아름다운 젖가슴과 주변 피
부색에 비해 훨씬 강렬한 장밋빛의 큰 유두가 표현되어 있
었다. 그녀 앞에는 발그레한 빛깔의 복숭아 네 개와 칼 하나
가 놓여 있었다. 어쩌면 그녀는 그걸로 과일의 껍질을 벗기
려 했을지도 모른다. 하지만 그렇게 하지 않았다. 영원을 위
한 부동의 자세로, 적당한 순간을 기다렸다.

"그 사람 그림 중에서 가장 아름다운 그림이었어요. 글쎄,
그날 내 눈앞에서 삼십 분 만에 끝내더라고요. 그러고는 말
했어요. '차를 가져왔어요? 그럼 실어가도 돼요.' 틀림없이

동정심 때문에 그랬을 거예요. 내가 그 그림을 달라고 했으면 아마 주지 않았겠죠. 하지만 그는 내 상황이 어떤지 알고 있었어요. 모든 사람보다 먼저, 의사들보다도 먼저 말이죠. 그 새 때문에 알아차렸던 거예요. 그는 가죽으로 된 파일을 가지고 거실로 돌아와서는 내 무릎에 올려놓고 말했어요. '이거예요?' 나는 고리처럼 휘어진 흰 깃털이 꼬리에 달린 새를 바로 알아봤어요. 그는 몇 년 동안 그 새를 보지 못했다고 하더군요. 적어도 1971년 이후로는 그랬다고요. 그는 그 새들이 사라진 줄로 믿고 있었어요. 그런데 그 천국의 새가 바로 내게 왔던 거예요. 천국의 새, 그렇게 불리지만 실제로는 불행을 가져온다는군요. 내가 그에게 말했어요. '우리 둘 다 노인이잖아요. 우리한테 새삼 불행이랄 게 뭐가 있겠어요?' 생각해보니 그 며칠 전에 내가 거울을 깼더라고요…… 오, 그런데 화가가 불같이 화를 내며 소리쳤어요. '거울이 무슨 상관이에요! 그 새는 죽음을 가져온다고요!'"

하루는 노라에게 흉조에 관한 이야기를 정말 믿은 적이 있느냐고 물었다. 그녀는 내게 되물었다.

"당신은?"

"당연히 아니지."

"음, 나는 당연히 그랬어. 이 점이 언제나 우리 둘의 차이로 남을 거야."

늦은 저녁 시간, 에마누엘레는 잠들었고 우리는 조용히 주방을 정리하고 있었다. 반쯤 남은 포도주 병은 뚜껑을 연 채로 식탁에 놓아두었다.

"그분의 어떤 면이 가장 그리워?" 나는 알고 싶었다.

노라는 고민할 필요가 없었다. 스스로 대답을 이미 생각해둔 것이 분명했다.

"난 아주머니가 우리에게 용기를 북돋워주던 방식이 그리워. 사람들은 용기를 주는 데 너무 인색해. 그냥 상대방이 자신들보다 용기가 훨씬 부족하다고 단정지으려고만 하지."

그녀는 한참 동안 침묵을 끌었다. 그녀의 침묵이 자연스럽게 나온 것인지 아니면 배우처럼 하나하나 계산한 것인지는 판단할 수 없었다.

"그분은 안 그랬어." 노라가 덧붙였다. "항상 우리를 응원해줬지."

"당신이 임신해서 침대에서 지내는 동안 둘이 무슨 얘기를 했는지 나한텐 한 번도 말해주지 않았어."

"우리가 얘기를 많이 했다고?"

"그래."

노라는 포도주를 병째 한 모금 마셨다. 저녁 시간은 그녀가 유일하게 격식을 차리지 않고 흐트러진 모습을 보이는 때다. 단둘이 있을 때면 피로와 친밀함이 평상시 그녀를 속박하는 것들을 풀어버리는 것 같다. 검붉은 포도주 얼룩이 그녀의 입술에 남았다.

"이야기를 한 쪽은 그분이었어." 그녀가 말했다. "나는 듣기만 했어. 레나토 얘기를 했고, 매번 그 얘기가 빠지지 않았어. 그가 여전히 살아 있는 것처럼 말이야. 자기 집에 혼자 있을 때면 틀림없이 그에게 큰 소리로 말했을 거야. 오래전 남편이 세상을 떠난 후로도 그를 위해 여전히 식탁을 차린다고 고백했었거든. 난 늘 그 일이 참 낭만적이라 생각했어. 낭만적이면서도 조금은 안쓰럽지. 하지만 아주 낭만적인 것은 뭐든 안쓰럽기도 하잖아, 안 그래?"

노라와 나는 거의 매일 저녁마다 그런 종류의 대화를 계속했다. 특히 A 부인이 세상을 떠난 후 몇 달 동안이 그랬다. 불안정한 상태에 굴복하지 않기 위해 세운 전략이었다. 계속해서 불안정한 상태로 돌아갈 때면 우리 입에서 맑은 공기만 나오는 것처럼 느껴질 때까지 대화에 그 불안을 녹였다. A 부인은 우리가 하루하루 완성해나간 일의 진정한 증인이었고, 우리를 하나로 잇는 유대감의 유일한 증인이었다. 레나토 이야기를 할 때면 우리에게 뭔가를 조언해주려는 것 같았다. 비록 불행한 결말로 짧게 끝났지만 완벽하고 순수했던 관계에 대해 전하고 싶어하는 것 같았다. 모든 사랑은 결국 그 사랑을 발견하고 가치를 인정해줄 누군가를 필요로 한다. 그러지 않으면 오해로 변질될 위험이 있다. 그녀의 시선 없이는, 우리는 위험에 빠진 기분이었다.

그런데도 우리는 장례식에 늦게 도착했다. 제시간에 준비를 마쳤지만 쓸데없는 일들로 시간을 지체했다. 마치 처리해야 할 많은 일 중에서 우리를 기다리고 있었던 것처럼 나타난 일들이었다. 에마누엘레는 평소보다 더 안절부절못하고 변덕을 부리는가 하면 "하늘나라로 간다"는 게 정확히 무슨 의미인지, 그리고 떠난 사람은 왜 절대로 돌아올 수 없는지 끊임없이 질문했다. 그애가 이미 대답을 알고 있는 질문들이었다. 다만 흥분한 마음을 겉으로 드러낼 구실이었다(에마누엘레가 처음으로 가는 장례식이었다. 어린아이에게는 이 역시 그저 놀라운 경험의 원천이 아닐까?). 하지만 우리는 응해줄 마음이 별로 없었다. 그래서 아이의 행동을 무시했다.

가는 길에도 가족 간의 갈등은 계속되었다. 노라는 내가 더 멀리 돌아가는 길을 선택했다고 비난했고, 나는 집을 나서기 전에 그녀가 시간을 끌었던 사소한 행동들을 차례로 입에 올렸다. 장례식에 본모습을 가리고 참석해야 하는 것처럼 화장에 신경쓴 일이 그중 하나였다. 만약 A 부인이 그 자리에 함께 있었다면 자신이 아는 여러 격언 중 하나를 끄집어내서 우리 입을 막아버렸을 것이다. 하지만 그녀는 소나무 관에 누운 채 장례미사에서 우리를 조용히 기다리고 있었다.

우리는 당황스러운 기분으로 성당에 들어갔다. 그곳에는 예상보다 많은 사람이 모여 있었다. 나는 좁은 길 한쪽에 급히 주차한 자동차가 걱정되어 강론을 거의 듣지 못했다. 혹시라도 내 차 때문에 길이 막혀서 움직이지 못하는 어떤 대중교통수단을, 이를테면 그 지역에서 운행되는 버스를 상상하고 있었다. 버스에서 내린 승객들이 앞을 가로막은 바보가 누구인지 서로 묻는 장면이 떠올랐다. 하지만 나가서 상황을 살펴볼 결심이 서지 않았다. 그곳에서 우리의 참석으로 위로받을 만한 사람이 아무도 없었기 때문에 우리는 마지막 작별인사를 건너뛰었다. 어쩌면 위로받을 권리는 우리 자신에게 있다고 생각했는지도 모른다.

에마누엘레는 관을 따라 장지까지 가고 싶어했다. 우리는 어린아이의 변덕과 어리석은 호기심 때문이라고 생각해서 허락하지 않았다. 매장은 아이를 위한 일이 아니다. 특히 그녀의 매장은 우리가 관여할 일이 아니었다. 가족과 가까운 친구들의 친밀한 애도에 맡겨야 할 상황이었다. 그럼 우리는 A 부인에게 무엇이었을까? 고용주, 거기서 많이 나아가지 못한다. 죽음은 가족과 같은 공식적인 관계의 중요도에 따라 살아남은 사람들의 역할을 재구성하고, 한 사람이 삶에서 스스로 깨뜨린 감정의 법칙들을 즉시 회복시킨다. 에마누엘레가 A 부인의 손자나 마찬가지라는 사실은 별로 중요하지 않다. 그녀는 우리를, 노라와 나를 양자녀처럼 생각했다. 그러나 우리는 그녀의 양자녀가 아니었다.

고아들

타인을 돌보는 그녀의 성향은 거의 종교적이라 할 만했고 (아니면 그저 우연히 나타난 성향일지도 모르지만) 그녀는 처음부터 우리를 그렇게 대했다. 노라의 임신이 우리가 상상하던 행복한 경험과는 다른 현실로 나타났을 때, 태아가 이십사 주째에 밖으로 나오려고 태동을 시작했을 때 우리는 A 부인에게 도움을 청했다. 장인이 가사도우미의 도움을 받지 않고도 그럭저럭 살아갈 수 있다고 결심한 날 이후로 그녀가 한가하다는 사실을 알고 있었다. 아내가 침대에서 꼼짝하지 못했기 때문에 내가 집을 소개해야 했다. 나는 잘 알지도 못하는 집안 구석구석을 설명하느라 최선을 다했다.

어디에 섬유유연제를 넣고 어디에 세제를 부어야 하는지, 어떻게 진공청소기의 먼지봉투를 교체하는지, 발코니의 화분에 얼마나 자주 물을 줘야 하는지 등. 집안을 절반도 돌아보지 않았는데 A 부인이 내 말을 가로막았다. "어서 가요! 아무 걱정 말고 볼일 보러 가세요."

저녁에 퇴근하고 돌아오면 노라의 머리맡에 앉아 있는 그녀를 발견하곤 했는데, 그 모습이 귀를 쫑긋 세우고 곁을 지키는 경비견처럼 보였다. 둘은 한창 이야기를 나누는 중이었지만, A 부인은 이미 빼놓았던 반지를 끼고, 카디건 중앙에 브로치를 꽂고, 어깨에 외투를 두르고 있었다. 그녀는 날 보더니 조금도 피곤하지 않은 사람처럼 생기 있게 일어났다. 그러고는 나를 주방으로 데려가 저녁 메뉴로 요리한 음식들을 알려주고, 음식이 마르지 않게 데우는 방법과 사용한 냄비와 그릇들을 나중에 어디에 둬야 할지 가르쳐줬다.

"설거지는 그대로 둬요. 내일 내가 와서 할 테니까." 그녀는 항상 그렇게 말했다. 처음에 나는 그 말을 듣지 않았지만, 아침에 내가 전날 닦아놓은 그릇들을 그녀가 다시 씻는다는 걸 알고서는 그 지시에 따랐다.

그런 철두철미함은 때때로 다른 이의 성미를 돋우고, 그녀를 견디기 어려운 고집불통으로 보이게 했다. 확신에 찬 신념과 좋은 의미지만 그리 새롭지 않은 견해들 때문이었다. 이따금 노라는 하루의 대부분을 A 부인과 보내고 나서 몇 주째 침대에 갇혀 지내는 처지에 대한 불만을 화풀이로 털어놓았다. "정말 짜증나는 사람이야!" 그녀가 불평했다. "짜증나는데다 규칙은 또 얼마나 따진다고!"

우리가 다른 사람의 보살핌에 의지했던 시절—보살핌을 받을 수 있을지, 또 그럴 자격이 있는지 의심스러웠지만— 그 보살핌을 피하려고 처음 속임수를 쓰기 시작한 것도 그 시기였다.

당시 노라와 내가 가끔 가던 식당이 하나 있었다. 정확히 는 진짜 식당이 아니라 생선가게였다. 저녁이면 식탁보와 플라스틱 포크가 놓인 테이블이 빽빽이 들어차고, 알루미늄 용기에 생선튀김을 담아 내오는 곳이었다. 결혼한 지 얼마 안 되었을 무렵 우연히 알게 되었고, 그때부터 우리의 단골 집이 되었다. 아내와 그 길모퉁이 가게에서 음식을 먹어보기 전까지 나는 갑각류와 연체류를 전혀 좋아하지 않았다 (노라를 만나기 전에는 그런 종류의 음식들을 대부분 좋아하지 않았다). 하지만 나는 노라가 그것들을 먹는 모습을 사랑했고, 새우 껍질을 벗기는 데 집중하는 모습을 사랑했다. 그녀는 새우의 절반을 내게 주면서 받으라고 고집을 피웠다. 바다 우렁이를 껍질에서 빼내는 방식이나 한 접시를 끝내고 다른 접시로 넘어갈 때 촉촉해진 손끝을 빠는 모습도 사랑스러웠다. 생선가게가 최근 문을 닫기 전까지, 소소하지만 중요한 추억의 기준점이 우리에게서 사라지기 전까지 우리는 그곳에서 가족으로서 가장 내밀한 의식들을 치르곤 했다. 중요한 논쟁, 중대한 발표, 비밀스러운 기념일을 위한 축배는 모두 그곳에서 이뤄졌다. 그 가게를 나설 때면 노라의 머리와 우리 두 사람의 옷에는 기름 냄새가 배었다. 우리가 내린 결정, 우리가 깨닫게 된 진실을 봉인하듯, 우리는 그 냄새를 집안까지 몰고 왔다.

A 부인은 자신이 '싸구려 음식'이라고 부르는 것을 임신 중인 노라가 단 한 입도 먹지 못하게 했다. 내가 생선가게에서 포장해온 음식의 내용물을 세관원처럼 얼굴을 찡그리며 살펴본 후 내린 결정이었다.

"당신도 마찬가지예요." 그녀는 검지로 나를 가리키며 말했다. "이미 미트로프를 만들어놨어요."

그녀는 40유로어치나 되는 생선튀김을 다시 쌌고, 길 아래쪽 쓰레기통에 버려진 것을 직접 확인했다.

우리는 그녀를 속이는 법을 터득했다. 노라가 오징어와 갑오징어 튀김을 참을 수 없을 정도로 먹고 싶어하면 나는 몰래 우리의 식당을 방문했고, A 부인이 밖으로 나올 때까지 자동차에 튀김 포장을 숨겨뒀다. 의심을 사지 않기 위해 그녀가 준비해놓은 저녁 요리 일부를 쓰레기통에 던져넣었다.

"튀김 냄새를 알아차릴까?" 노라는 걱정스러워했다. 그래서 나는 감귤향이 나는 방향제를 방방마다 뿌리며 돌아다녔다. 그러는 동안 노라는 진통이 올 수 있으니 웃음이 나오지 않게 해달라고 애원했다.

"잇새에 새우 조각이 끼었는지 보여줘봐!" 내가 명령했다.

"입안까진 확인하지 않잖아!"

"어디든지 본단 말이야."

그러고는 그녀의 입술에 키스하고, 잠옷 속 온기를 느끼기 위해 옷깃에 살며시 손을 넣었다. 하늘 한가운데에 오른 태양처럼 높은 곳에서 모든 것을 비춰 보는 바베트의 시선을 피하기 위해 우리는 그늘진 은신처를 함께 찾았다.

에마누엘레가 태어났을 때는 그녀의 관심을 포기하기에

는 우리가 너무 뻔뻔해져 있었다. 노라의 간호사였던 A 부인은 우리 아들의 보모가 되었다. 마치 두 가지 역할 사이에 자연스러운 연결고리가 존재하는 것 같았다. 비록 그전에는 신생아를 돌본 적이 없었지만, 그녀는 해야 할 일과 하지 말아야 할 일에 대해서 우리보다 훨씬 분명하게 판단할 수 있었다.

그녀의 봉급은 가계 예산에 부담이었지만, 노동에 합당한 금액도 아니었다. 그녀는 일을 봐주는 시간을 정확히 계산하지 않았고, 시간에 따른 비용을 합의한 적도 없었다. 금요일이면 우리가 적당하다고 생각하는 금액을 건넸고, 그녀는 아무런 항의 없이 받아들였다. 수수께끼 같고, 시간이 매우 유동적인 일정표를 바탕으로 노라가 계산한 금액이었다. 팔 년 넘게 A 부인은 평일 아침마다 정해진 시간에 우리집 문 앞에 나타났다. 혹시라도 사적인 순간을 목격하게 될까봐 열쇠꾸러미로 문을 열기 전에 먼저 초인종을 눌렀다. 가끔은 일찌감치 장을 봐 왔는데, 그럴 때면 영수증을 곧바로 내밀고는 자신이 지출한 비용을 전부 줄 때까지 꼼짝 않고 서 있었다.

에마누엘레가 유치원에 처음 간 날에는 노라와 나, 그리고 A 부인이 따라갔다. 그러나 초등학교 입학 첫날에는 아이한 명당 두 명의 가족만 들어갈 수 있었기 때문에 나는 학교 밖에 있어야 했다. 누군가 실수로 바베트를 '할머니'라고 불렀을 때, 에마누엘레는 그 사실을 바로잡지 않았다. A 부인은 자신이 돌보는 아이의 섬세한 마음을 바로 양손에 쥐고 있는 것처럼 느꼈고, 실제로 그러했다.

그러니 우리의 실망감을 상상할 수 있을 것이다. 그 이후의 당혹감도. 그러니까 2011년 9월 초, 내가 다시 학교로 자리를 옮기게 되어 어느 때보다 도움이 필요했던 순간, 그녀는 더이상 오지 않겠다는 단호한 뜻을 내비쳤다.

"이유를 여쭤봐도 될까요?" 노라는 서운함보다 성가신 마음에 질문했다. 어쨌든 일에는 지켜야 할 절차라는 게 있는 법이다. 미리 통보한다든가 우편으로 사직서를 보낸다든가 약속한 말을 지키는 것 등.

"피곤해서 그래요." 하지만 그녀의 말투에는 쓸쓸함이 묻어났다.

통화는 아주 빨리 끝났다. 함께 일해온 팔 년, 함께 살았다고까지 할 수 있는 그 시간은 피곤해서라는 모호한 핑계로 끝이 났다.

그녀는 정말 돌아오지 않았다. 우리 셋 중에 에마누엘레만이 인간관계에서 영원히 지속되는 건 없다는 사실을 아직 배우지 못했다. 그리고 그것이 반드시 손실이라고만은 할 수 없다는 걸 모르는 유일한 사람이기도 하다. 그러나 이 특수한 상황에서 보모가 더이상 자신을 돌보지 않기로 결정했다는 사실을 갑자기 알리는 건 별로 좋은 점이 없었다. 그래서 노라와 나는 시간을 가지기로 한다. 일주일이 지난 후 아이가 묻는다. "바베트는 언제 와?"

"지금은 못 오셔. 이제 가서 잠옷 입어."

그러나 갑자기 우리에게 떨어진 집안일로 기분이 상하고 겁이 난 우리 역시 정말 무슨 일이 일어난 건지, 우리가 어디서 실수를 했는지 스스로에게 묻는다. 두 명의 고아처럼 그것에 대해 이야기하고 또 이야기한다. 결국엔 A 부인이 저지른 반란의 가장 유력한 원인으로 보이는 일을 짚어낸다. 그만둔다고 선언하기 열흘 전쯤, 또박또박 쓴 글씨가 적힌 메모가 우리집 초인종 패널 위에 놓여 있었다. 집 옆 차고를 임대한 여자가 차고의 전동문을 반쯤 박살낸 부주의한 운전자에게 자수하라고 요구하는 내용이었다. 그 메모는 바람에

말려올라간 채 방치되었다. 노라는 자신이 용의선상의 첫머리에 있다는 사실을 잘 알면서도 자신과 아무 상관이 없는 일이라며 결백을 주장했다. 주차 공간의 문제만이 아니라 거칠고 툭하면 통제 불능 상태가 되는 그녀의 운전 스타일이 의심을 샀다. 우리 말고 그 차고를 이용하는 사람은 A 부인뿐이었다. 그녀는 매일 주차비로 낭비되는 돈을 아끼려고 아침에 내가 출근한 뒤 비어 있는 공간을 이용하곤 했다. 나는 그녀에게 혹시 옆집 차고 문을 들이받은 적이 있었는지 물었다. 그러고는 얼마든지 일어날 수 있는 일이며 대단히 심각한 상태는 아니니 어쨌든 내가 피해보상을 할 거라고 말했다. 그녀는 살짝 돌아보며 대답했다. "당연히 나는 아니에요. 그 여자 혼자서 망가뜨렸겠죠. 큰 차를 몰고 다니니까."

"바로 그거야!" 노라는 우리가 방금 짜맞춘 생각에 대해 자신뿐만 아니라 나까지 확신을 갖게 만들며 말한다. 밤 열한 시, 우리는 침대에 누워 있다. "일이 그렇게 된 거였어. A 아주머니가 작은 일에도 얼마나 예민한지 알잖아."

"이건 차고 문을 부순 사람이 아주머니라는 뜻이네."

하지만 노라가 내 말을 막는다. "차고 문이 뭐가 중요해? 우리가 전화해야 해."

다음날 아침, 그룹이론 실습에 참여한 학생들의 당황스럽고 놀란 시선을 보니 나는 평상시보다 더 초초하고 혼란스러워했던 것 같다. 쉬는 시간에 나는 마침내 A 부인에게 전화한다. 그녀를 비난했던 일과 사려 깊게 대하지 못했던 점을 사과한다. 더이상 우리집에서 일하고 싶지 않은 것이 그 일 때문이라면 상황을 충분히 이해하며 얼마든지 보상할 준비가 되어 있다고 말한다. 그러고는 에마누엘레를 언급하면서 그 아이가 그녀를 얼마나 그리워하는지 덧붙인다.

"차고는 전혀 상관없어요." 그녀가 딱 잘라 말한다. "이미 말했지만, 난 많이 지쳤어요."

통화가 끝나갈 무렵, 조금 시무룩하게 작별인사를 하려고 할 때 나는 처음으로 그녀의 기침 소리를 듣는다. 보통 환절기 때 사람들이 하는 기침과는 다르다. 숨이 막혀 거친 소리를 내면서 기침한다. 마치 누가 기관지 입구를 손가락으로 딱딱 때리며 괴롭히는 것 같다.

"어디 안 좋아요?" 내가 그녀에게 묻는다.

"기침이 멈추지를 않네요."

"의사한테 가봤어요?"

"아뇨. 하지만 갈 거예요. 가요."

불면증

집안에서 A 부인이 떠난 자리는 일찌감치 눈에 띄었다. 방치된 흔적이 여기저기 뚜렷하게 남았는데, 특히 노라의 책상이 그랬다. 이전부터 중세의 탑처럼 높이를 다투던 종잇더미들은 이제 위험한 고도에 다다라 결국 서로 뒤엉켜 거대한 무더기가 되었다. 불필요한 종이들 사이에는 몇 가지 중요한 서류도 분명히 숨어 있다. 이를테면 납부해야 할 청구서, 에마누엘레의 학교 통지서, 노라가 포스트잇에 메모하길 고집하는 전화번호, 고객들의 클레임으로 그녀의 신경쇠약을 유발할 인테리어 프로젝트들. 물론 A 부인은 서류에 손을 대지 않았고, 건드려놓고 그러지 않은 척하지도 않았지만, 그녀가 서류 뭉치를 정리하고 난 후에는 아내가 며칠 전부터 정신없이 찾았던 봉투가 기적적으로 나타나곤 했다. A 부인은 마치 우연히 일어난 일처럼 그것을 다른 서류들 위에 올려놓았다.

"샤무아의 오두막 별장을 단장하고 싶다는 연락이 왔어." 어느 일요일 오후 노라가 말한다. 그녀는 진공청소기 소음을 뚫으려고 목소리를 높이며, 그다지 청소가 필요해 보이지 않는 곳을 화가 난 듯이 밀고 있다. "정말 좋은 일인데. 좋은 일이 되겠지. 거절해야 하는 게 아쉬워."

"거절한다고? 왜?"

"왜냐니, 내 상황이 어떤지 좀 봐! 발레다오스타에서 프로젝트를 추진할 여력은커녕 숨쉴 시간도 없어. 소파에 있는 잡지들 보여? 오늘 아침부터 쭉 그 자리야. 잡지를 읽을 생각이었는데, 그럴 수 있겠냐고." 그녀가 벽에서 너무 멀어진다. 진공청소기 코드가 딱 소리를 내며 벽의 콘센트에서 빠져버린다. 갑작스러운 정적에 그녀는 놀란다. 다시 잡지를 응시한다. "그 안에 흥미를 끄는 기사들이 있거든. 정말 흥미로워." 그녀가 말한다.

우리는 그녀의 어머니에게 도움을 요청한다. 장모는 마지못해 몇 번 우리집에 온다. 집에 들어오면 그녀는 마음을 달래는 의식들을 행한다. 커피 한 잔을 내려 홀짝이며 발코니와 주방 사이를 오간다. 그리고 담배 한 대를 피우는 동안 누군가 곁을 지키길 고집한다. 그런 후 머리에 핀을 꽂고, 장갑 한 켤레와 깨끗한 앞치마를 집어 거울 앞에서 모양새를 궁리하면서 걸친다. 완벽한 가사도우미로 변신해 딸에게로 향한다. "이제 할일이 뭐야?"

그 순간 노라는 인내심을 잃는다.

"할일이 사방에 널렸잖아요, 안 보여요?"

모녀는 격한 언쟁을 벌이고 어머니는 기분이 상해서 재빨리 집을 떠난다. 우리는 한 달도 안 되어 장모에게 집에 와달라고 부탁하는 것을 그만둔다. 장모 쪽에서도 다시 제안하지 않는다. 젊은 외국인 가사도우미도 짧게 다녀갔지만 별다른 효과가 없다. 노라는 그녀가 느리고 게으르다고 생각한다. 그리고 이탈리아어가 서툴러서 자신의 지시를 이해하지도 못하며 질서의식도 없다고 불평한다.

"그리고 당신을 쳐다봐."

"날 본다고?"

"당신한테 반했어. 분명해."

"당신 미쳤어?"

"그것 때문에 내게 심술을 부리는 거야. 찻주전자를 깨뜨렸을 때처럼 말이지. 내가 그걸 특별히 아끼는 걸 알았던 거야. 일부러 그랬다는 말은 아니야. 꼭 그런 건 아니지. 일종의 무의식적인 반응이었어."

나는 언젠가 결국 마땅한 누군가를 찾게 될 거고, 그저 계속해서 찾아봐야 한다고 주장하지만, 노라는 내 말을 흘려듣는다.

"아니. 아무도 못 찾을 거야." 그러고는 혼자서 중얼거린다. "제대로 된 사람이 없어. 그런 사람은 없다고."

아내가 낮에 점점 더 격앙되고 변덕스럽게 혼란한 마음을 쏟아내는 동안, 나는 밤까지 그 상황을 참는다. 그것이 항상 우리를 구분지었던 또다른 차이점이다(그녀를 알게 된 후로 그녀의 수면 능력은 풀리지 않는 수수께끼다). 박사과정 시절에는 불면증이 그리 심하지 않았다. 마치 대서양 한가운데 자오선 위에서 혼자 살아가거나, 야간 교대근무를 하는 직업을 가진 것처럼, 나의 생활 리듬과 다른 도시 사람들의 생활 리듬 사이에 너덧 시간의 차이가 있다는 걸 받아들인 시절이었다. 근래 몇 년 동안 불면 증세는 조심스럽게 관리해야 할 귀찮은 증상보다 약간 심한 정도로 나아졌다. 다만 계절이 바뀌는 시기에는 조금 악화되곤 했다. 그런데 이제 걱정스러운 규칙성이 새롭게 나타난다. 매일 밤 정확히 새벽 세시에 깨어나 한동안, 때로는 동틀 때까지 창문에 어른거리는 옅은 빛에 시선을 고정한 채 잠을 이루지 못한다. 박사과정 시절에는 잃어버린 잠을 조금씩 보충할 수 있었다. 하지만 지금은 에마누엘레와 학교 수업 때문에 알람은 일곱시 삼십분에 맞춰져 있고, 수면 부족은 쌓여가기만 한다. 어쩔 수 없다.

불안을 잠재우기 위해 나는 머릿속으로 오후에 절반쯤 하다 만 계산을 계속한다. 일어나서 종이와 연필을 찾아 떠오른 생각들을 적고 싶지만, 그럴 용기가 나지 않는다. 밤에 일에 몰두하면 숫자와 문자와 함수 들이 오랜 시간 눈앞에서 춤추듯 떠다니고, 상황은 점점 악화된다. 내가 그 사실을 고백하자 노라는 내가 밤에 일하는 걸 금지했다. 원치 않는 불면이 계속되는 동안 나는 아내가 잠시라도 눈을 뜨길 바라는 마음으로 그녀의 옆구리를 쓰다듬는다. 그런 순간에는 문득 A 부인이 떠오르기도 한다. 그러면 상실감과 우울함을 느낀다.

어릴 때 나도 보모가 있었다. 이름은 테레사였는데, 우리는 '테레지나'라고 불렀다. 그녀는 강 건너편에 살았다. 그녀에 대한 기억은 많지 않다. 나를 만지거나 안아줬던 일도, 체취도 기억나지 않는다. 사람들은 감각적이고 위로가 되는 기억들이 가득하고, 따뜻한 기억들로 다시 돌아가지만 나는 아니다. 눈에 보이지 않는 것은 쉽게 지운다. 테레사에 관해서는 고작 몇 가지만 떠올릴 수 있다. 튀길 감자들을 껍질을 벗기지 않은 채 쐐기 모양으로 썰었던 방식이 기억난다. 또 계절의 변화와 상관없이 두툼했던 그녀의 불투명한 갈색 스타킹이 생각난다. 가끔 내게 돈을 주었던 기억은 확실하다. 하지만 그녀에 관한 가장 또렷한 일화는 그녀를 마지막으로 봤던 날로 거슬러올라간다. 그 무렵 나는 고등학교에 다니고 있었고, 어머니는 그날 오후 나의 보모였던 이를 방문하기 위해 함께 시간을 내기로 결심했다. 우리는 그녀가 사는 낡은 연립주택을 찾아갔다. 수년 전에 방문한 적이 있어서 그때의 신비한 이미지를 어렴풋하게 간직하고 있었다. 그런데 이제 그 집은 그저 허름하고 어딘가 지저분해 보였다. 테레지나는 아들 가족과 함께 방 네 개를 나눠 쓰고 있었다. 그녀는 소파에 앉아 주변에서 달려들거나 때로는 마카크원숭이처럼 그녀 위로 뛰어오르는 매우 활발한 손녀를 지켜보며 하루하루를 보내고 있었다. 그러니까 내 부모님은 가난한 사람에게 나를 맡긴 것이다! 이유는 모르겠지만 그 순간 밝혀진 사실에 나는 화가 났다. 안부를 주고받은 뒤, 우리는 잠시 그녀의 거친 숨소리를 듣고 있었다. 우리가 그 집을 떠나려고 할 때, 테레지나는 지갑에서 지폐 한 장을 꺼내고는 오랜 무의식에 끌리듯 내게 받으라고 고집을 부렸다. 나는 끔찍하게 싫었지만 어머니의 눈길이 무얼 의미하는지 정확히 이해했고, 결국 받아들였다.

에마누엘레가 자라서 A 부인에 대해 어떤 기억의 유산을 갖게 될지 궁금하다. 아마 내가 상상하는 것보다 훨씬 적게 기억할 것이다. 어쨌든 나는 수없이 이불을 뒤척이면서 마침내 타협점을 찾는다(한 다리는 아래에, 또 한 다리는 위에). 나는 절대 그녀를 다시 만나보자는 말을 내비치지 않을 것이다. 어떤 관계가 깨졌을 때는, 영원히 되돌릴 수 없도록 확실히 깨지는 게 좋다. 나이 많은 보모와 그녀가 돌보는 아이의 관계도 마찬가지다.

노라는 내 불면증이 다시 시작된 이유가 학교 일 때문이라고, 오직 그 때문이라고 생각한다. 임용 계약은 일 년 조금 지나면 끝날 것이고, 현재로서는 재계약에 대한 얘기가 없다. 지도교수에게 학부에서 여러 해 전부터 약속해온 학과 자리에 대해 물어봤을 때, 그는 두 팔을 벌리며 말했다. "내가 뭐라 말해주길 원하나? 늙은 교수들 중에 누군가 죽기를 기다려보자고. 하지만 그치들은 질겨."

그는 다른 얘기는 덧붙이지 않았다. 예순여섯인 그는 '질긴' 노교수 무리에 자신을 포함시킬 분별력마저 없었다. 그는 내 직업적인 문제에 지나치게 얽혀들길 꺼린다. 학과에서 발생하는 음모와 술수에 이어 전반적인 정치 얘기를 더 좋아한다. 가끔 이야기는 밤 아홉시나 열시까지 계속되는데, 그 시간이면 학교 복도는 텅 비고 경비원들은 마그네틱 카드로 열리는 옆문 하나를 제외한 모든 출입문을 잠근다 (혹시라도 카드를 잃어버리면 큰 곤경에 처한다). 나는 계산지에 낙서하듯 계속 풀이를 적으면서 대체로 그의 말에 동의를 표한다. 나는 그의 개인적인 청중이고, 다른 선택의 여지가 없다. 항상 화를 내며 나가버리는 것을 보면, 그 역시 오랜 시간을 나와 함께 보내는 데 전혀 만족하는 것 같지 않다. 나에 대한 권한을 행사하고 자신의 연구실에 날 꼼짝 못하게 가둬두는 것을 좋아한다. 아무튼 그의 집에서 그를 기다리는 것보다는 낫다. 내게 이유를 밝힌 적은 한 번도 없었지만, 결혼생활 이야기가 나오면 그는 평상시보다 더욱 신랄해진다. 내 결혼 소식을 알렸을 때 그가 한 말은 노라의 아버지가 그녀에게 했던 말("중요한 건 재정적인 부분을 각자 따로 관리하는 거야. 사랑도 사랑이지만, 돈은 돈이니까")과 거의 비슷하게 냉정했다. 지도교수는 이렇게 말했다. "아직 몇 달 남았어. 시간 있을 때 다시 생각해봐." 우리 결혼식에 그는 혼자 왔었다. 그는 어떤 요리도 놓치지 않으려고 뷔페 테이블 옆에 자리잡았고, 어느 정도 취기가 오른 상태로 마지막에 떠나는 하객들 사이에 끼여 피로연장을 떠났다. 다음날 아침 내게 들려온 말은, 그가 결혼식에 관해서는 단 한 마디도 하지 않았고, 음식 때문에 탈이 났다며 불평했다는 것이었다.

더 나이든 교수들에 대한 조롱 섞인 그의 발언은 내가 실직 상태가 될지도 모른다는 두려움을 몇 달간 밀어내기에 충분할 것이다. 그런데도 나는 학문적 미래의 확률분포 변화를 기록한다. 거기에 더해 다른 도시나 다른 나라로의 이주, 아니면 결국엔 덜 고상한 계획에 착수하기 위한 품위 있는 항복이 유리함을 나타내는 십진수의 지속적인 변화를 기록해둔다.

외국 이주에 관한 생각은 가정의 균형을 깨뜨릴 위험이 있다. 노라에게 내 연구 영역과 비슷한 분야의 젊은 과학자 그룹이 '정말 흥미로운 뭔가'를 만들어내며 일하고 있는 연구소에 대해 말할 때마다, 또 지도교수와의 공동 연구가 나의 보이지 않는 부분들을 얼마나 소모시키는지 털어놓고 그의 영향력에서 벗어나야 내가 얻을 수 있는 이점을 설명할 때마다(나는 다시 밤에 잠들 수 있을 것이다. 그 점은 확신한다), 그녀의 얼굴이 어두워진다. 그녀는 중얼거리듯 불분명한 동의를 표시하고는 즉시 침묵으로 일관하며 그만하라고 요구한다.

그녀의 임신을 알게 된 시기는 앞으로 사 년간 연구비를 지원받게 된 취리히로 이주하는 것이 거의 확실시된 시기였다. 나는 노라가 이탈리아에서 아이를 출산할 수 있도록 몇 달 먼저 떠날 예정이었다. 아이에게 필요한 서류들을 마련하는 대로 셋이 다 함께 낯선 스위스의 낯선 도시로 향할 계획이었다. 우리는 아파트를 구하기 위해 함께 현지를 방문했다. 한 동네의 세 집을 둘러보았다. 대다수의 물리학자들이 그 지역에 거주하고 있었는데, 새로운 월급과 임대료의 균형을 맞출 수 있는 곳이고, 영화관도 있기 때문이었다. 노라는 그곳 아파트들의 현관 입구를 간신히 넘었다. 부동산 중개인의 말에 기계적으로 고개를 끄덕이면서 아직 눈에 띄지도 않는 배를 어루만졌다.

그녀의 이상한 무관심과 내 불안감에 사로잡혀, 나는 집 보기가 끝난 후 노라를 재촉하기 시작했다. 어떤 집이 제일 괜찮았어? 아이가 걸을 때를 대비해서 작은 뜰을 만들려면 몇 평은 포기하는 게 좋지 않을까? 나는 모든 결정의 장단점을 열거했다. 그녀는 아무런 대꾸 없이 내 이야기를 들었다. 그러고는 입을 열어 차분한 어조로 말했다. "난 계단에 인도 음식 냄새가 밴 곳에는 살 수 없어. 아까 본 모켓 카펫 위에서도, 대리석무늬 바닥에서도 살 수 없어. 그리고 배 속의 아이와 이런 거리를 산책하고 싶지 않아. 혼자서는."

그녀는 눈가가 촉촉해졌지만 울지 않았다. "내가 제멋대로인 거 알아. 정말 미안해."

어쨌거나 그 계획은 노라가 침대에 누워 지내게 된 후로도 몇 주 동안 유효했다. 그러는 동안 A 부인은 차분한 태도로 각 방과 일상적인 습관에 새로운 지침을 내리며 우리집을 벌써 바삐 돌아다녔다. "거기서는 어떤 쓰레기 음식들을 먹는지 모르죠." 내가 취리히 생활을 가까스로 입 밖에 꺼낼 때마다 그녀는 그런 식으로 반응했다(A 부인의 배려는 대체로 음식에서 비롯해 음식으로 마무리되곤 했다. 요리는 그녀의 하루 일과 중 정점이었다). 나는 그녀와 노라가 이주 문제를 상세히 의논했고 이미 거부하기로 결정했지만, 여성의 영악함으로 내게는 그 사실을 넌지시 비치기만 했다고 확신한다. 노라는 우리와 관련된 문제들에 대해서는 확고하고도 조심스러운 반대 의사를 자주 내비친다. 그녀는 조금씩 자신의 의지를 실행한다. 다른 이들의 집을 장식하는 것과 크게 다르지 않게, 자신을 만나기 전에 간소하고 단출했던 나의 삶 역시 꾸며주었다.

노라와 A 부인 모두 내가 그들의 결정을 알아차리길 기다렸다가, 그 결정을 공식화할 수 있는 선택권을 내게 부여했다. 어느 날 아침, 나는 아내의 임신 합병증으로 연구 장학금을 포기하게 되었다고 몇 줄로 간략히 설명하는 메일을 썼다. 지도교수는 내 유약한 굴복에 경멸감을 드러냈다. "과학의 발견은 편안한 삶을 좋아하지 않아. 불편한 아내는 더더욱 싫어하고." 그가 말했다. 사실 그는 나의 포기를 기뻐하고 있었다. 왜냐하면 어느 누구도 그를 위해 내가 인내하며 해온 일을 서둘러 떠맡으려고 하지 않을 것이었기 때문이다(수십 개의 파인먼 도표 개발, 그룹이론 수업에서 그를 대신해 했던 강의들, 그의 노트를 말끔히 복사한 사본들, 저녁에 작동시켜놓고 한밤중에 확인해야 했던 수치모사실험 등등…… 덕분에 그는 대부분의 시간을 인터넷 서핑으로 보낼 수 있었고, 아주 가끔만 연구실 칠판 앞에 모습을 드러낼 뿐이었다. 그러고는 분필을 쥐고, 그 끝에서부터 뻔뻔스럽게 아름다운 대수학이 얼마나 부드럽게 흘러가는지 보여줬다).

그러나 그날 저녁, 연구소의 가장 현대적인 측면 계단을 내려오면서 나 또한 뜻밖의 안도감을 느꼈다. 노라의 평온한 삶을 위해 나의 야망을 내려놓았다는 영웅적인 기분마저 들었다. 이민 간 동료들은 그들 앞에 활짝 열린 학문적 영광은 물론, 통풍이 잘되는 유리와 금속으로 만들어진 구조물의 연구실을 얻을 것이다. 하지만 그들은 이곳만이 아니라 어떤 장소에서도 멀리 떨어진 곳에 살게 될 것이다. 그들은 '편안한 아내'인 외국인 여자를 만나 결혼할 것이고, 대부분 밝은 피부색의 북유럽 태생인 그녀들과 외교관처럼 프랑스어든 영어든 매개언어로 소통할 것이다. 그러면 나는? 내게는 내가 발음하는 문장의 아주 작은 뉘앙스도, 내가 함구하려는 말의 아주 사소한 함축적 의미도 이해하는 노라가 있었다. 그 이상의 무언가를 바랄 수 있을까? 권위 있는 연구 장학금을 위해서 그녀와의 관계를 위험에 빠트리는 걸 상상할 수 있을까? 물리학의 모든 발전은 처음부터 태양중심설과 만유인력의법칙, 종합적이고 완벽한 맥스웰방정식, 플랑크상수, 특수상대성이론과 일반상대성이론, 다차원 꼬임 끈이론, 가장 멀리 떨어진 천체인 펄서와 함께였다. 하지만 이 모든 발견의 영광은 내게 똑같은 만족감을 주지는 못할 것이다. 나는 낭만적이고 감성적인 황홀감이 잠시 동안만 지속된다는 사실을 알고 있었다(플랑크상수는 아니다. 그것은 영원히 남아 있다). 그리고 그 감정이 순식간에 정반대로 변할 위험이 있다는 사실을 알 정도로 나는 이미 관계에 대해 충분히 경험했다. 하지만 그날 저녁만큼은 그런 감정에 매달릴 수 있었다. 나는 집으로 돌아오던 길에 지름길에서 발길을 돌려

생선가게에서 네 가족이 배불리 먹을 만한 양의 생선튀김을 샀다. 이후로 취리히는 더이상 언급되지 않았다.

그리고 이제 우리는 처음부터 다시 시작이다. 나는 내 직업적 필요와 노라의 기대가 조화를 이룰 만한 유럽의 도시들을 다시 가늠해보고, 에마누엘레가 다닐 이탈리아 초등학교가 한 군데라도 있는 곳을 알아본다. 더럼, 마인츠, 웁살라, 프라이부르크. 모든 기준을 충족하는 곳은 없어서 차례로 목록을 지워나간다. 목록에 적힌 곳들을 다 뒤지고 나면 다음 목록으로 옮겨간다. 거기에는 다음 연구비를 놓고 나와 경쟁할 동료들의 이름이 적혀 있다. 나는 인터넷에서 그들의 최근 업적과 그들이 쌓은 피인용 횟수를 찾아본다. 그리고 프로그램에 데이터를 입력하고 점수를 계산해서 내 것과 비교해본다. 내게는 다음번에 다시 한번 해낼 수 있다고 믿을 만한 타당한 이유가 있다. 내 추정치가 정확하다는 것과 학과에서 발생하는 여러 음모에서 결백하다는 점에서 나는 유리하다.

그렇더라도 몇 년 뒤엔 불확실성이 다시 나타날 것이다. 한 방의 행운이 찾아올 때까지는(물리학부 건물 육층에서 때마침 교수들이 연이어 대퇴부골절이 된다든가 하는). 아니면 내가 낭만적인 꿈을 내려놓고 구체적인 일에 헌신하길 결심하는 것이 더 가능성이 높다. 금융, 소프트웨어, 비즈니스 컨설팅 분야에는 자리가 열려 있다. 물리학자들은 많은 양의 정보를 다룰 줄 알고, 다재다능하며, 무엇보다 불평하지 않는다는 특징이 있다. 사람들 말이 그렇다고 한다.

나는 심리치료사에게 연민을 강요하고, 나 자신이 우울하거나 곧 그렇게 될 거라고 분명히 말한다. 그는 내 우울증을 '매우 철학적인 것'이라 정의 내리고는 최악의 밤을 위한 흔한 치료제인 렉소탄을 처방한다.

자, 이제 우리 셋 모두 다른 누구도 아닌 우리 자신의 문제에 흡수되어 있다. 몇 배로 늘어난 일을 책임지느라 발버둥치는 노라, 보모에 대한 그리움을 누르려고 애쓰는 에마누엘레, 심리적인 연약함에 굴복하려는 내가 그렇다. 초보 가족은 폭발할 위험이 있는 자기중심주의의 성운인 경우가 종종 있다.

이 모든 것은 내가 A 부인의 기침을 잊도록 만든다. 그사이 그녀는 잠을 이루지 못할 정도로 기침이 심해졌다. 그녀는 또다른 불면증 환자다. 밤마다 유령들이 방안에 출몰해

서가 아니라—유령들은 그녀의 가장 가까운 친구들이다—누울 때마다 가슴이 크게 들썩거리기 때문이다. 그럴 때면 그녀는 다시 일어나 앉아서 물을 좀더 마시고, 기침 시럽을 좀더 삼킨다.

그녀는 다른 사람들에게 방해가 된다는 이유로 성당 미사에도 더이상 가지 않는다. 사람들이 그녀를 못마땅하게 쳐다보는 것을 느꼈고, 앞자리에 앉은 사람들의 어깨가 초조하게 떨리는 모습을 알아차렸다. 마지막 일요일에 그녀는 기침 때문에 신자석에서 일어나 자리를 헤집고 나가다가 옆에 앉은 여자의 발을 실수로 밟았다. 그러고는 성찬례 바로 직전에 성당을 떠났다. 갑작스러운 기침 소리가 높고 소박한 성당 천장에 메아리치며 견디기 어려울 정도로 크게 울려퍼졌다.

그녀는 화가 난 채로 자작나무숲을 가로지르는 지름길을 통해 집으로 돌아왔다. 영성체 '일'과 관련해서 신성모독이 아닐까 하는 두려움에 사로잡혀 있었다. 여기서 '일'이라는 표현은 그녀가 너무나 자주 사용했기 때문에 그녀 얘기를 할 때면 항상 떠오르는 말이다. "아름다운 일" "이 일은 어떤가요?" "양말 일을 해결해야 해요" 등등, 그녀에게는 모든 것이 '일'이었다. 아무튼 그녀는 그날 아침 집으로 돌아오면서 영성체를 둘러싼 매우 특별한 분위기가 결국은 성가와 주례사제의 기도 소리, 두 손을 모으고 고개를 숙인 신자들의 행렬에서 비롯된 과장된 현상이 아닐까 하는 의문이 들었다. 그런 생각이 들면서 A 부인은 이제껏 한 번도 위기를 겪지 않았고 그 어느 때보다 필요할 신앙에서 천천히 멀어지기 시작했다. 죽음이 다가온다 해도 더는 고해성사를 드리러 가지 않을 작정이었다. 아마 A 부인은 스스로 확신한 시점이 있었을 것이다. 이번에는 신이 그녀에게 용서를 구할 차례라고.

우리 사이의 드문 불화 가운데 하나가 바로 종교 문제였다. 한동안 그녀는 에마누엘레에게 기도문을 가르쳐주려고 마음먹었다. 우리 의견에는 별로 개의치 않는 결정이었다. 노라와 나는 반대하는 입장은 아니었지만, 사실 우리는 시청에서 결혼식을 올렸다. 다른 사람들의 예식에 참가하거나 관광 목적이 아니면 성당에 발을 들여놓지 않았다. 관례에 따라 나는 열두 살에 세례성사를 받았고, 편리하게 세 가지 일을 한번에 치르듯 첫 영성체와 견진성사도 그때 받았다(성사에 전혀 동의하지 않았던 내 아버지는 한 손을 뻗쳐 들

70

고 사제 앞에 나타나 그에게 갈릴레오에 대해, 그의 신앙 포기와 화형에 대해 비난하듯 말했다. 그리고 무슨 말을 했는데 그 말을 들은 사제의 얼굴이 하얗게 질렸었다). 나의 신앙심은 갑자기 나타났을 때처럼 곧 사그라졌다.

노라는 간단히 말해 믿음에 대해 항상 미온적인 태도였다. 내가 아는 한 그녀는 절대 기도하지 않는다. 내가 노라를 알고 지낸 동안, 그녀는 마음에 든다는 이유만으로 묵주의 상징적인 의미는 아랑곳없이 흑단 묵주 목걸이를 하고 다녔다. "뭐가 나빠?" 너무도 경솔한 태도에 내가 어리둥절해하자 그렇게 대꾸했다.

에마누엘레는 종교에 대한 우리의 양면성을 느낌으로 알아차린 것 같았다. 식탁에서 우리에게 반항하는 시선으로 A 부인이 알려준 기도를 소리 내어 읊었다. 우리는 아무 일도 아닌 것처럼 계속 식사를 이어갔다. 아이가 기도를 멈추지 않으면, 노라는 식사시간이 기도하기에 적절한 때가 아니며, 마음에 간직해뒀다가 침대에 혼자 있을 때 기도하는 게 좋겠다고 조용히, 그러나 단호하게 타일렀다.

만약 A 부인이 우리 아들의 믿음을 키워줄 시간이 더 있었다면, 그애의 믿음이 진지하게 뿌리내릴 수 있었을지 궁금하다. 어쩌면 아이에게는 좋은 일이었을지 모른다. 상황에 따라 이성적이든 아니든, 복잡하든 단순하든, 어떤 믿음이라도 있는 것이 없는 것보다는 훨씬 나을 것이다. 가끔은 엄격한 일관성의 세계와 과학적인 정밀함의 영역에서 교육받은 우리가 다른 이들보다 힘겹게 살아간다는 생각이 들 때가 있다. 우리는 세상에서 개인과 사건 그리고 세대 사이에 널리 퍼져 있는 오류들이 끝없이 전파되는 것을 지나치게 많이 목격한다. 하지만 그것을 본다고 해서 우리가 뭔가를 바로잡을 수 있다는 뜻은 아니다. 어쩌면 아침 일곱시마다 라디오방송에 나오는 별자리 운세를 믿었던 것처럼 신에게 자신의 마음 일부를 내맡겼던 A 부인이 옳았는지 모른다. 어쩌면 별생각 없이 자신의 묵주를 목에 거는 노라가 옳은지 모른다.

불과 몇 달 만에 에마누엘레의 가톨릭 신앙은 빛이 바랬다. A 부인의 장례식에서 나는 아들을 지켜보았다. 아이는 주기도문조차 제대로 따라 하지 못했다. 중간에 기도 문구를 빠뜨리기도 하고, 주위를 자세히 둘러보느라 사라진 문구의 조각들을 겨우 붙잡고 있었다. 그때 예수는 아들이 들었던 많은 이야기 중 하나로 남아 있었다.

우리는 통화로 A 부인의 병세가 악화된 사실을 알았다. 어느 날 저녁 그녀에게 전화한 사람은 노라다. 그 오랜 세월 바베트는 단 한 번도 우리집 전화번호를 누르지 않았다. 항상 기본 전화요금만 내고 거기에서 한푼도 더 지불하지 않았을 거란 생각이 든다. 노라는 계속되는 기침 소리에 이야기가 끊겨서 A 부인의 말을 알아듣기 어렵다. A 부인은 처음에 일반의에게 진료받으러 갔다. 의사는 흡입용 코르티손*을 처방해줬지만 아무런 소용이 없었다. 그렇게 귀중한 보름을 허비하고 말았다. 그녀가 다시 찾아오자, 이번에 의사는 동료 호흡기내과 의사에게 긴급히 진료를 의뢰했다. 호흡기내과 의사는 먼저 엑스레이를 촬영한 후 사진을 판독하고는 조영제 투여와 함께 CT 촬영을 지시했다.

"CT 촬영요?" 화들짝 놀라며 묻는 노라의 모습에 나 역시 주의를 기울인다.

CT 촬영, 그렇다. 하지만 결과는 아직 나오지 않았다. 엑스레이 검사 결과는 CT 촬영과는 반대로 금방 알 수 있었

---

* 스테로이드성 진통제의 일종.

다. 호흡기내과 의사가 하얗게 보이는 폐의 오른쪽 부분을 가리키며 말했다. "감염 가능성이 있어요. 기관지폐렴이거나 출혈일 수 있지요. 이런 경우를 일시적인 그림자라고 부릅니다. 얼마 지나면 괜찮아지실 겁니다." 그녀는 일반의에게 돌아갔다. 그녀에게 늘 분명히 말해주는 유일한 의사였기 때문이다. 이번에도 그는 그랬다. 의사는 창문의 빛을 등지고 엑스레이 사진을 높이 들어 한참이나 살펴보았다. 그러더니 그녀에게 사진을 돌려주고는 손바닥으로 눈을 비빈 후 간단히 덧붙였다. "행운을 빕니다."

의사의 말에 A 부인은 걷잡을 수 없는 눈물을 터뜨린다. CT 촬영 결과가 있든 없든, 그녀는 알았다. 눈이 휘둥그레져서 눈물을 글썽이며 노라는 손가락으로 'ㅇ'을 만들어 보인다. 그녀는 암의 초성인 'ㅇ'을 나타내며 입술로 다른 글자들을 발음한다. 그러고는 검지로 가슴께를 가리킨다. A 부인은 기침과 흐느낌이 뒤섞인 상태로 자신을 찾아왔던 새, 여름의 끝자락에 자신에게 비보를 가져다준 어떤 새에 대해 횡설수설하듯 고통스러운 감정을 쏟아낸다.

여관집 여주인

진단은 빠르게 진행됐다. A 부인은 전혀 놀라지 않았고 그 점은 우리도 마찬가지였지만, 혼란스러운 마음은 지울 수 없었다. 모든 암 중에서도 폐암은 건강을 해치는 생활 방식과 유해한 습관, 부주의한 행동이 가장 큰 원인인 암이다. A 부인은 평생 담배를 피운 적이 없다. 어릴 때 담뱃가게를 운영하는 아버지를 도와드릴 때도, 성질 급한 단골손님들이 가게를 나서기 전부터 담배를 피우기 시작하면 뒷문을 활짝 열어 연기를 내보내곤 했다. 가족력을 봐도 특별히 악성종양 발병률이 높지 않다. 후두암을 앓았던 고모할머니, 췌장암을 앓는 육촌 남동생의 경우가 전부였다. 개인적인 진료

기록을 봐도 관절질환과 평상시 앓던 발진 같은 피부질환 정도에 그쳤다. 그녀는 건강한 식단을 따랐고, 가능하면 끼니마다 텃밭에서 키우는 채소를 먹었고, 좋은 공기를 마셨으며, 자신의 생활 방식을 지키는 데 조금도 소홀함이 없었다. 그런데도 현실은 아니었다.

나는 조직검사 결과 중에서 이해한 내용을 의사인 친구에게 다시 묻는다. A 부인이 결과지를 읽어주면서 의학 개념을 전부 부정확하게 전달한 탓에 재확인이 필요하다(알아들을 수 없는 의학용어에 정신을 빼앗긴 그녀의 지성은 끝까지 그럴 것이다. 몇 달 남은 생애 마지막 시기에도 복잡한 내과 용어들과 의학적 설명을 전부 파악한 사람처럼 말할 것이다. 그동안 내과를 다니면서 가까이서 들어왔기 때문이다). 나는 '암종' '비소세포'와 '4기'를 알아듣는다. 그 정도에 친구는 심각한 목소리로 중얼거리며 말한다. "빨리 진행될 거야. 급속히 악화되는 악성종양이야."

이어지는 통화의 소용돌이 속에서, 매일 저녁 우리는 그녀의 최근 몸 상태를 묻기 시작한다. 그리고 그녀가 가장 자주 하는 말은 "도저히 이해가 안 돼요"라는 문장이다. 나는 말해주고 싶다. 이해해야 할 만큼 중요한 건 없고, 그렇게 흘러갈 뿐이라고. 그녀의 종양은 통계상 가우스곡선*의 끄트머리 지점에 위치하지만 자연스러운 질서 안에 있다고. 그러나 나는 이 현실을 내 안에만 간직하고 오직 노라와 있을 때만 표현한다. 노라는 A 부인과 마찬가지로 멍하니 그 이유를 궁금해한다. 그녀에게 내 통찰력은 잘 꾸며낸 냉소주의에 지나지 않는다. 내 이런 모습은 그녀를 특히 화나게 하는 부분이자, 여전히 고쳐지지 않고 남아 있는 젊은 시절의 흔적이다. 우리는 그 점에 대해 더는 이야기하지 않는다.

모두가 찾고 있던 그럴듯한 병의 원인이 오래지 않아 스크랩된 신문 기사 형태로 도착한다. A 부인의 이웃인 줄리에타라는 여자가 그 기사를 보고 몹시 격양되어, 어느 날 오후 투명 파일에 넣은 기사를 가져온 것이다. 수사계곡의 비정상적인 종양 발생 비율에 주목한, 신뢰성에 의심이 드는 과학 연구가 있었다. 가능한 원인으로 지목된 것은 키아노코 지역 위를 지나는 전화중계기로, 오랫동안 해당 지역 주민들 사이에서 유해성 문제가 제기되어왔다. 또다른 원인으로 론 강변에 건설된 원자력발전소들이 거론되었다.

---

* 오차의 분포 상태를 나타낸다고 인정되는 곡선.

"그럴 수 있어요." 나는 전화로 의견을 덧붙인다. "네, 가능해요." 하지만 A 부인에게는 '비정상적'이라든가 '원자력발전소' 같은 표현들이 경우에 따라 끔찍하거나 안심되는 사실로 인식되는 게 중요한 것 같다. 그걸 문제삼을 필요는 없다. 전화중계기와 국경 너머의 원자력발전소들, 그 평계가 필요하다면 그들의 잘못으로 남겨두자. 보이지 않는 운명과 공허, 신의 무자비한 형벌에 화를 내기보다 프랑스의 농축 우라늄이나 전자기 방사선에 분노하는 것이 더 쉽다.

그 이유를 궁금해할 시간마저 곧 사라진다. A 부인은 새롭게 따라야 할 수많은 일상에 압도당한다. 그건 레나토가 여러 해 동안 받았던 투석 과정을 그대로 상기시킨다. 다른 점이라면 지금 여러 사람의 관심을 받고 있는 몸은 A 부인의 것이고, 그녀는 자신을 스스로 돌본다는 사실이다. 첫번째 항암화학요법 주기에 대비해─종양전문의는 마지못해 수술 가능성을 배제한 후, 이십 일 간격으로 화학요법을 세 번 진행하기로 계획했다─A 부인은 가발 하나를 갖고 싶어한다. 언제 머리카락이 뭉텅뭉텅 빠지기 시작할지 그녀로서는 알 길이 없으니 대비하고 싶은 것이다. 안타깝게도 머리카락이야말로 그녀가 정말 아끼고 돌보는 유일한 신체 부위다. 그녀는 몸을 구부린 채 걸어다니고, 이십 년 이상 새 옷을 산 적이 없다(우리는 매년 기념일마다 카디건을 선물했는데, 옳은 선택이었다). 화장품을 사는 데도 거의 한푼도 쓰지 않는다. 액세서리는 남편이 살아 있을 때 지녔던 것 그대로다. 하지만 머리에는 특별한 정성을 기울인다. 가끔씩 노라는 A 부인의 기분을 북돋워주려고 미용실 예약을 잡는다. 노라는 A 부인처럼 자연스러운 흰머리를 가진 여자가 얼마나 드문지를 내게 몇 번이나 강조했다. 그녀의 머리는 은빛 머릿가닥이 어우러진 하얀 분필 같다는 것이다. "나도 나이들어서 그런 머리색을 가지면 좋겠어." 그 바람 뒤에는 A 부인과 더 깊은 유대감을 지니고 싶은 열망이 숨어 있는 듯 보인다.

"먼저 머리를 자르고 싶어요." A 부인이 전화로 알린다. "젊었을 때처럼 짧게요. 그러면 대머리가 된 내 모습을 보는 데 적응이 될 것 같아요."

노라는 그녀의 결심을 충동으로 받아들인다. "그런 말 하지 마세요. 지금 그대로가 잘 어울려요."

A 부인은 머리카락을 자르면 모근이 튼튼해져 머리가 더

이상 빠지지 않을 거라는 남은 희망을 말하지 못했다. 그녀의 사고방식은 대중적인 믿음으로 가득한데, 그것들은 언제나 나를 즐겁게 하거나 화나게 했다. 그녀는 자기 몸에 주입될 독한 약의 파괴력을, 좋든 나쁘든 모든 형태의 생명력과 저항력을 허리케인처럼 휩쓸어가버리는 힘을 상상도 하지 못한다. 결국 노라가 그녀를 말리는 데 성공한다. 그러고는 가발을 구입하기에 가장 좋은 상점을 찾으려고 노력한다. 리구리아에 위치한 아파트의 인테리어를 의뢰했던 고객에게 문의한다. 그녀는 일 년 전 악성 낭종 때문에 양쪽 유방을 절제했고, 노라는 그 경험으로 그녀가 더 높은 의식 수준에 도달했다는 듯 감탄하며 이야기를 나눈다. 그녀는 구도심지에 있는 상점 한 곳을 우리에게 알려준다. 전화를 걸어보니 제대로 알려준 걸 알 수 있었다. 내 전화를 받은 점원은 암에 걸린 여성을 위한 가발 얘기를 할 때 당황하는 기색이 나보다 훨씬 덜하다. 마치 사람들이 똑같이 절박한 상황 때문에 계속해서 전화를 걸어오는 것처럼.

어느 날 A 부인이 우리집에 오고, 나는 한때 그녀가 독점적으로 관리했던 반짇고리에서 줄자를 꺼내 주방에서 그녀의 머리둘레를 잰다. 그런 다음 그녀의 앞모습, 뒷모습과 옆

모습을 차례로 사진 찍는다. 그녀가 쓸 가발, 앞으로 영원히 자라지 않을 머리카락을 위한 영구적인 가발은 그런 모습으로 만들어져야 할 것이다.

가발 피팅을 위해 내가 직접 동행하는데 기분이 좀 이상하다. 마치 산부인과에 가는 기분이다. A 부인은 쾌활하다. 그러니 암을 이겨낼 수 있을 것이다. 하루 중 이 시간을 내가 온전히 그녀에게 할애해주고, 수고로움을 마다않고 그녀의 차를 운전해주고, 이제는 커피까지 대접해준다는 사실에 기뻐하는 것 같다. 기억하는 한 그녀에게 시간을 내준 사람은 아무도 없었다.

상점 안 복도에서 우리는 앉으라는 안내를 받는다. 그곳에서는 다른 방들에서 무슨 일이 일어나는지 계속 지켜볼 수 있다. 우리 머리 위쪽에는 절전 전구들이 달린 크리스털 방울 모양의 샹들리에가 걸려 있다. 상점의 분위기는 우아함과 초라함의 중간쯤 되지만, 실제로는 초라함이 더 우세해 보인다. A 부인은 가구들을 하나하나 가리키면서 각각의 스타일을 차례대로 말한다. 엠파이어, 리버티, 바로크……"내가 얼마나 많은 것을 한 아이에게 가르칠 수 있었겠는지 알겠죠?" 그녀가 한숨을 쉰다. 그러나 그녀의 아이는 결코 세상에 오지 않았다.

　노라와 내가 첫 키스를 했을 때 우리는 가발을 쓰고 있었다. 그녀의 가발은 높이 솟은 파인애플 모양이었고, 내 것은 곱슬곱슬한 회색 가발이었다. 둘 다 얼굴에 흰색 분장을 하고 있었다. 그때 우리는 연기 수업에서 〈여관집 여주인〉*의 몇 장면을 리허설하는 중이었다. 그중 어떤 장면도 관객들 앞에서 실제로 공연되지는 않았지만, 우리는 자부심과 만족감을 조금이라도 느껴보려고 출연 의상을 입고 있었다.

　저녁마다 나를 포함한 물리학과 남학생들과 박사과정생들은 주리아 거리의 근엄한 학교 건물에서 빠져나와 도시 여기저기로 흩어지곤 했다. 옷차림에서 그들과 같은 당혹스러운 진지함이 엿보이지 않고, 대체로 자기 몸에 대해 그들처럼 무관심하고 소홀하지 않은 여자들이 있을 만한 곳을 찾기 위해서였다. 우리는 사진, 아시아 언어, 요리, 탱고, 에어로빅 강좌 등을 들었다. 우리는 졸업을 앞둔 현대문학 전공 여학생이 많은 영화 클럽 토론에 슬쩍 참석하거나 라야

---

*　이탈리아 희곡작가 카를로 골도니(1707~1793)의 1752년 작품.

요가의 영적인 잠재력을 믿는 척했다. 섹스를 할 수 있는 길이 열리기를 바라서였다. 나는 연극에 아무런 관심이 없었지만, 몇 번의 시도 끝에 연기 수업에 안착했다. 첫번째 수업시간에, 일 년 넘게 연기를 배워온 노라가 내게 호흡법을 지도해줬다. 아내는 한 손으로 내 복부를 힘껏 눌렀고, 내 입에서는 듣기 민망한 소리가 저절로 새어나왔다. 그녀가 아직 내게 이름을 말하기도 전이었다.

수업이 끝난 늦은 저녁, 우리는 강변을 따라 거닐곤 했다. 그러다 결국엔 우리를 갈라놓을 버스 정류장 주위를 배회하면서 버스가 한 대 이상 지나가도록 내버려뒀다. 노라는 거의 언제나 자신의 아버지와 어머니에 대해 말했다. 당시 그녀의 부모님은 이혼으로 인한 적대감에 사로잡혀 있었다. 노라는 부모님에 대한 생각으로 괴로워했다. 그들과는 전혀 다른 어른이 되고 싶지만 그럴 수 없을지도 모른다고 문득 깨닫게 되는 것은 스물다섯 살에야 가능한 것처럼 힘든 시기를 보내고 있었다.

우리가 가발을 썼던 날 밤, 나는 일층 연구실을 같이 쓰는 러시아인 연구생 알렉세이를 흉내내어 노라를 웃게 만들었다. 한 달 전부터 그는 집세를 아끼기 위해 우리가 일하는 연구실에서 지내고 있었다. 그는 전기 버너로 끔찍한 내용물이 담긴 여러 가지 통조림 음식들을 데웠고, 밤에는 경비원들의 눈을 피해 우리의 책상들을 붙여놓고 그 위에 침낭을 깔았다. 그는 내가 도착하기 전에 모든 것을 치웠다. 물론 알람 소리를 듣지 못할 때는 예외였다. 노라는 아무런 예고 없이 내게 키스했다. 우리는 가발을 쓰고 있었고 나는 러시아인의 어설픈 영어를 흉내내고 있었기 때문에, 우리는 어떤 의미에서는 우리이기도 하고 우리가 아니기도 했다. 하지만 누군가의 입술에 다시 키스하는 순간은 늘 그런 기분일지도 모른다.

기다리는 동안 A 부인의 생각을 다른 데로 돌리려고 이 모든 이야기를 들려주지만, 그녀는 이미 이 얘기를 알고 있거나 관심이 별로 없는 게 분명하다. 젊은 여자 점원이 새로운 가발을 올린 나무 재질의 두상 마네킹을 들고 나타나자 바로 자리에서 벌떡 일어났으니 말이다.

그 가짜 머리카락은 A 부인의 진짜 머리색뿐 아니라 모양과도 놀랍도록 비슷하다. 그러나 머릿결만은 꽤 많이 다르다고 장담할 수 있다. A 부인은 거울 앞에 앉아 점원이 왕관처럼 격식을 갖춰 머리에 가발을 씌우는 모습을 지켜본다.

넋이 나간 표정으로 거울에 비친 자기 모습을 바라보고, 이쪽저쪽으로 고개를 돌린다. 그러고는 뒷모습이 어떤지 살펴보기 위해 여자에게 손거울을 달라고 한다.

"안 쓴 것보다는 조금 더 마음에 들어요." 그녀가 말한다. 자신을 위로하기 위해서 하는 말인지 아니면 정말 그렇게 생각해서인지 나로서는 파악하기 어렵다. 가발을 쓴 그녀는 확실히 이전과 다르고, 다르면서도 똑같다.

점원이 우리에게 가발 관리법을 자세히 일러준다. 빗질하는 방법과 순한 샴푸로 세척하는 방법을 듣는다. 단 자주 해서는 안 되고 그럴 필요도 없으며, 가발의 머리카락은 우리의(그녀는 '진짜' 대신 '우리'라고 말하며 신중하게 단어를 고른다) 머리카락과 달리 쉽게 더러워지지 않는다는 설명이 이어진다.

"이제 나이트캡을 선택하실 수 있어요. 선물로 드리는 건데, 다양한 색상이 마련되어 있습니다. 여기 민트색 마음에 드세요? 어떠세요? 눈동자 색과도 잘 어울리세요. 잠깐만, 잠깐만요. 벗는 것 제가 도와드릴게요."

A 부인은 양손으로 가발을 붙잡는다.

"아녜요! 계속 쓰고 싶어요. 가능하다면요. 그래야 내 모습에 익숙해지죠."

여자는 무안한 듯 씁쓸한 표정을 지으며 말한다. "오, 물론 그러셔도 돼요. 이젠 손님 거니까요."

우리는 팔짱을 끼고 상점에서 나온다. A 부인은 새 가발을 쓰고 어딘가 당당한 분위기를 풍긴다. "노라에게는 아무말 하지 마요. 눈치채는지 한번 보자고요." 그녀가 제안한다. 나는 같이 가겠다고 하면서 재미있는 생각이라고, 일종의 테스트가 되겠다고 말한다. 그러는 동안 아내에게 문자를 보내 바베트가 가발을 쓸 것이니 알아차리지 못하는 척해야 한다고 설명한다.

우리는 딴생각에 열중하다가 나무 두상 마네킹을 깜빡하고 두고 왔다. 며칠 뒤 나는 혼자 그것을 찾으러 간다. 그리고 점원에게 말한다. "죄송하지만 그날 부인께서 머리를 잃어버리셨어요." 그러나 그녀는 웃지 않는다. 내 농담이 썰렁한 것 같다.

나는 두상 마네킹을 조수석에 놓고, 다음에 A 부인을 만날 때까지 그대로 둔다. 심지어 그것과 말을 몇 마디 주고받기까지 한다. 어느 날 오후, 나는 가장 나이 어린 동료를 집에 태워다주기로 한다. 그는 차에 타더니 어리둥절해하며 고개를 든다. "이걸로 뭐하시게요?" 그가 묻는다. 그러고는 내게 설명할 틈도 주지 않고 입술 없는 마네킹에 입맞추는 시늉을 한다.

유물의 방

A 부인은 항암 치료 첫 주기에도, 두번째 주기에도 머리카락이 빠지지 않는다. 대신 구토를 계속하는데, 어쩌면 상태가 더 나빠진 것 같다. 그녀는 소파 옆과 침대 밑, 화장실 등 꼭 필요하다고 생각하는 위치에 대야를 세 개 놓아뒀다. 그러고는 주기적으로 대야를 어떻게 쓰는지 아무런 거리낌 없이 말한다. 성격상 신체 기능에 대해 말을 아끼는 건 전혀 그녀답지 않다. 그녀는 요점을 바로 말하는 직설적인 여자다. 스스로 묘사하듯이, 있는 그대로의 사실을 말하기 좋아하는 유형이다. 그녀가 견디지 못하는 것은 마을 사람들이 그녀에게 안부를 묻는 일이다. 그녀가 암에 걸린 사실은 오

직 줄리에타와 다른 친구 두 명만 알고 있다. 그중 지나치게 수다스러운 사람은 없지만, A 부인은 누군가의 병이 수군대 기 좋은 화젯거리인 걸 안다. 그녀 또한 과거에 이 사람 저 사람의 건강상태를 들먹이며 쓸데없는 뒷이야기를 만들어 냈다. 그게 무슨 대수인가. 그녀는 한 달 조금 지나자 체중 이 6킬로그램 줄었고, 눈에 띄게 수척해졌다. 그러니 모두가 건강상태를 물어도 별로 놀랍지 않다. 그녀는 이러한 곤경 을 피하기 위해 외출을 최소한으로 줄였고, 지금은 계곡 마 을에서 몇 킬로미터 떨어진 알메세의 시장에서 장보는 것을 선호한다. 이건 병원에서 돌아오는 길의 일이다.

의사들은 그녀에게 생채소와 기름기 많은 통조림, 소시지 등을 섭취하지 말라고 충고했다. 약물로 약해진 면역체계를 위협할 수 있는 박테리아 성분이 잠재된 식품이 전부 해당 됐다. 그녀가 더 나은 환경에서 경험하지 못했던 임신부의 식이요법이었다. 그리고 정말 임신한 여자처럼, 항암 치료 와 후유증에서 잠시 벗어날 때면 잠깐의 강렬한 식욕이 뒤 따른다. 이 횟수는 점점 줄어든다. 아이러니하게도 이것이 그녀가 '나의 욕구들'이라고 부르는 것일지 모른다.

하루는 그녀가 차에 올라 꽤 먼 거리를 운전하는데, 자베

노의 장작 오븐에서 구운 빵이 생각났기 때문이다. 그녀는 뭔가에 대한 존중으로서 모범적인 행동이라는 명목하에 그런 즉흥적인 즐거움을 거부하며 평생을 보냈다…… 무엇에 대한 존중인가? 그녀는 이전에도 여러 번 그 빵을 먹고 싶었지만 사러 갈 엄두를 내지 못했다. 한 번의 충동에 따르고자 구불구불한 길을 운전하는 게 번거로워 보였기 때문이다. 이제 그녀는 욕망을 붙잡고 그것을 발산한다. 욕구 하나하나가 병에 사로잡힌 생각에서 아주 잠깐이라도 숨통을 틔워주는 생명력의 약동이 되기 때문이다.

파르마산 치즈가 먼저 그녀의 냉장고에서 사라지고, 그다음에는 일반 치즈들과 살코기와 지방이 섞인 붉고 흰 고기가 사라진다. 고기의 경우는 구토가 일지 않더라고 A 부인이 내게 설명한다. 그녀는 냄새나 맛을 거의 느끼지 못한다. 맛을 느끼지 못하면서 고깃조각을 씹는 건 죽은 뭔가를 입에 담고서 내내 그것이 죽은 것이라는 사실을 떠올리는 것과 마찬가지라고 말한다. 결국 그것을 삼키기가 불가능해진다.

"어제저녁에는 완두콩과 달걀이 먹고 싶더라고요. 요리해서 기분좋게 먹었죠. 그랬다가 갑자기 기침이 쏟아져서 전부 토해버렸지 뭐예요. 달걀과 완두콩도 이제 그만 먹어야

겠어요."

구운 개구리 뒷다리, 삶은 달팽이, 비둘기와 위장 요리, 그리고 튀긴 뇌와 내장 등 가장 먹기 어려운 전통 음식을 꺼리지 않았던 A 부인은 이제 소박한 달걀과 완두콩 한 접시마저 먹을 수 없는 상황이다. "그리고 물도요. 믿어져요? 그것까지 구역질이 나요." 12월부터 남은 일 년 내내 그녀는 코카콜라, 오렌지 탄산수, 키노토 같은 탄산음료만 마시고, 무절제하게 탐식하는 어린아이처럼 달콤한 간식을 주로 먹을 것이다.

나는 그녀를 보러 가기로 결심한다. 터무니없는 식이요법을 알게 된 나는 작은 '바치 디 다마' 쿠키 한 상자를 사다준다(그녀가 좋아하리라 확신하며, 방문 때마다 똑같은 쿠키를 한 상자씩 가지고 갈 것이다. 끝까지, 그것마저 거절할 때까지). 어느 화창한 일요일 아침, 나는 에마누엘레와 함께 출발한다. 아들은 떠나버린 보모를 기쁘게 해주기 위해 직접 그린 그림을 챙겼다. 괴물들이 점령한 하늘에 분홍, 보라, 파랑 머리카락의 날개 달린 요정들이 떠다니는, 거의 환각에 가까운 어지러운 색상의 그림이다.

"이것들은 뭐야?" 내가 아이에게 묻는다.

"세련된 요정들."

"그럼 저것들은?"

"포켓몬."

"아."

안타깝게도 아이가 마음먹고 그림을 포장한 게 실수다. 아이는 그림을 사탕처럼 돌돌 말아 스카치테이프를 붙인다. 아이가 A 부인에게 건넨 것은 구겨지고 끈적끈적한 종이 뭉치다. 그녀는 어쩔 줄 몰라하며 한쪽에 그것을 놓아둔다. 에마누엘레의 산만하고 어지러운 창의성을 쫓아갈 시간이 더는 없다. 이제는 쇠약해진 몸과 복용해야 할 온갖 약, 그리고 약효보다 부작용에 더 신경써야 한다. 우리가 떠난 뒤에 그림이 쓰레기통에 버려질 것 같은 예감이 든다.

에마누엘레는 병이 일으키는 자기중심주의를 전혀 이해하지 못한다. 자신을 돌봐주던 때와 달라진 A 부인을 상상할 수 없다. 다른 사람도 아닌 그 아이를 말이다. 그녀는 어디로든 뻗어나가는 장황하고 산란한 아이의 환상들을 공유하면서 에마누엘레를 왕자처럼 떠받들며 귀여워해줬다. 갑작스러운 그녀의 냉정함을 깨달은 순간, 아이는 예민해지고 심술궂게 변한다. 나는 아이의 목소리 변화를 통해 그 사실을 직감한다. 에마누엘레는 관심의 대상이 되고 싶을 때마다 그렇게 행동한다. 그러나 A 부인은 어린아이의 머릿속에 스치는 생각을 이해할 힘도 마음도 없다. 나는 기대와 원망으로 타오르는 두 개의 불 사이에 놓인다. 한편에는 병든 할머니가, 다른 한편에는 초등학생이 있고, 두 사람 모두 자기에게 시선을 끌려고 애쓴다. 그러지 않으면 사라질까 두려운 사람들처럼.

날씨가 무척 춥긴 하지만, 나는 에마누엘레를 뜰에서 놀라고 내보낸다. 아이는 저항하다가 결국 따른다. 출입문에서 내게 몹시 고약한 눈길을 던진다.

A 부인의 집에는 몇 년 전부터 라디에이터가 꺼져 있는 방이 있었다. 응접실이나 서재 같지는 않고 어딘가 유물 보관실처럼 보이는 방이었다. 겨울이면 아파트의 다른 공간보다 온도가 10도 이상 낮았기 때문에 그 안에 들어가면 카타콤*에 발을 들여놓는 느낌이 들었다. 창문에는 여성의 옆얼굴이 그려진 스테인드글라스 창이 양쪽으로 닫혀 있었다—스테인드글라스 화가의 이름은 기억나지 않지만, A 부

인은 매우 경건하게 그의 이름을 언급했다―그래서 창문으로 들어오는 빛이 은은하면서도 음울했다. 그 방안의 모든 것이 레나토에 대해 말해주고 있었다.

벽감에는 선반이 설치되어 있었는데, 선반마다 수집품이 진열되어 있었다. 시대와 양식이 혼합된 수집품들은 수집가가 지독히도 비일관적인 성향이거나 편견이 없는 매우 개방적인 성격이었음을 보여줬다. 다른 곳에서는 전혀 본 적 없는 신대륙 발견 이전 시기의 조각상 십여 점, 기이한 모양의 문진 몇 개, 그 외에 수상한 취향으로 색칠된 도자기 조각상들, 은과 놋쇠가 들어간 도자기류가 있었다. 방 한가운데에는 녹색 천이 이중으로 깔린 낮은 탁자 위에 스무 개 남짓한 회중시계가 모두 열두시를 가리킨 채 같은 간격으로 놓여 있었다. 예술 전문가를 지향하는 레나토와 같은 골동품상의 열망이 여러 종류의 수집품에서 분명하게 전해졌다. 가까이 다가갔지만 실제로는 결코 도달하지 못한 목표였을 것이다. A 부인이 그 사실을 알고 있었을까? 그건 말하기 어렵다. 하지만 세상 어떤 것에 대해서도, 남편의 애매한 재능을 평가

＊ 초기 기독교 시대의 비밀 지하 묘지.

절하하지 않았을 것이다. 그녀가 삶에서 경험한 일들 중에 그를 도와 작품 거래를 했던 일은 분명히 예상치 못한 가장 감격스러운 경험이었고, 그 생각만으로도 여전히 자부심으로 가득차 있었다.

가장 값진 물건들은 옻칠한 동양적 무늬의 병풍 뒤에 쌓여 있었다. 대략 쉰여 점의 화폭은 모두 진품으로 증명된 다양한 크기의 작품들이었다. 내가 확실히 아는 건 그중에 알리지 사수와 로마노 가체라의 작품들이 있었고, 펠리체 카소라티 유파의 작품이 최소한 두 점, 그리고 시대를 대표하는 아주 유명한 화가들의 작품은 아니지만 미래파 시기의 몇몇 작품이 보였다는 사실이다. A 부인은 주세페 미네코의 유화 〈부부Gli sposi〉에 대해서도 말해줬다. 매년 액수를 높여가며 끈질기게 제안한 의사가 있었는데도 레나토가 절대 팔고 싶어하지 않았던 작품이다. 그녀는 그 그림이 자신과 레나토를 생각나게 했다고 말했다. 마치 나와 노라처럼.

사실 나는 그 그림들 중 한 점도 직접 본 적이 없었다. A 부인은 내게 그림을 감싼 두꺼운 종이 포장지만 보여줬다. 전부 똑같이 생긴 포장지를 보다가 딱 한 번 포장지 틈새를 슬쩍 엿보려고 하자 그녀가 내 행동을 제지하려고 한

걸음 다가왔다. 그뒤로 나는 다시 시도하지 않았다.

"저 그림들은 어떻게 하실 생각이에요?"

에마누엘레와 함께 방문한 날, 방안 전체를 감싸안는 시늉을 하며 그녀에게 묻는다. 그녀의 상황을 충분히 고려하지 않은 경솔한 질문이지만, 소중한 수집품들이 흩어질 위험을 알리고 조언하는 것이 내 의무라고 느낀다. 아무도 보물이 있으리라 의심하지 않을 아파트에서 오랫동안 지켜온 보물들을 말이다. 나중에 누가 오더라도 이에 대한 존중은 조금도 없을 것이고, 그것은 그녀가 바라는 바가 아니다. 그녀가 평생 이어온 헌신은 어느 것과도 비교할 수 없기 때문이다. A 부인에게는 자신의 죽음을 미리 준비하고, 각각의 물건들이 향할 운명을 자신이 원하는 대로 결정할 수 있는 소중한 시간이 아직 남아 있다.

"여기 있는 게 좋아요." 그녀가 대답한다.

내 질문은 순간적인 어긋남을 일으켰고, A 부인이 내게 방에서 거실로 옮기도록 서둘러 청할 때 그 사실을 깨닫는다. 그녀는 춥다고 한다. 무슨 생각을 하고 있는지 알지만 나는 그녀를 탓할 수 없다. 내게 또다른 속셈이 있는 건 아니지만, 복숭아 껍질을 벗기는 여인의 누드화를 알아봤다는 건 인정해야겠다. 그리고 잠시 나와 노라의 침실에 그 그림이 걸려 있는 상상을 했다. 마땅히 어울릴 만한 것을 찾지 못했던 한쪽 벽에서, 매일 밤 깨어 있을 때나 잠들어 있을 때 우리를 지켜볼 아주 친밀한 뭔가를 마침내 찾아낸 기분이었다.

그 일요일 이후로 나는 다시 한번 A 부인의 아파트를 방문했다. 그녀는 넉 달 전 숨을 거두었다. 결국 우리에게 어울리는 두 개의 가구를 물려줬는데, 고풍스러운 1920년대 식탁과 크레덴자*였고 둘 다 크림색이었다. 그 집이 팔리기 전에 나는 서둘러 그 가구들을 가지러 가야 했다. 가구 두 점은 바베트의 유일한 선물이자, 우리가 그녀에 대해 간직하고 있는 전부다. 에마누엘레에게 따로 남긴 것은 없었다.

루비아나에서는 그녀의 사촌 비르나와 마르첼라가 기다리고 있었다. 실내에는 잡동사니가 든 여러 상자와 함께 식탁과 크레덴자만 덩그러니 놓여 있었다. 상자 안에는 압력솥 하나, 플라스틱 물병 두 개, 금테 장식 잔 세트 같은 물건

---

* 르네상스시대 이탈리아에서 제작되어 주로 식기장으로 사용되던 가구.

들이 들어 있었다.

"이 물건들은 기부할 거예요." 비르나가 말했다.

"좋은 생각이네요." 나는 빈정거리는 기색 없이 말했다.

집안에 있던 샹들리에는 물론, 회중시계들과 신대륙 발견 시기 이전의 조각상들, 그림들과 거실의 추시계까지 흔적조차 없었다. 심지어 창문의 이중창마저 사라지고 없었다. 한 번도 허락된 적 없었던 것 같은 낮의 강렬한 햇빛만이 그 자리에 공격적으로 비쳐들고 있었다. 모든 것을 빼앗기고 약탈당한 아파트만 남았다. 소중한 물건들을 보존하는 데 평생을 바쳐온 삶이 순식간에 해체된 것이다. A 부인은 그 유물들이 전통을 이어가고 어떤 의미를 지닐 수 있게 자신의 모든 시간을, 그 수많은 세월을 쏟아부었고, 오로지 그 일에만 몰두했다. 암 진단을 받은 후, 부질없지만 하루하루 사라져가는 시간을 조금이라도 더 붙잡으려고 매달리는 일 외에 그녀는 다른 어떤 일에도 집중할 수 없었다. 그녀의 자취도, 그녀가 한평생 지켜왔던 모든 것도 흔적을 남기지 않고 사라졌다. 그 모든 것이 아무런 상관도 없는 장소로 흩어져갔다. 어디서 왔는지 그 기원에 대한 어떤 단서도 더는 찾아볼 수 없고, 모든 유물이 그동안 간직해온 기억을 잃고 오로지 이윤을 만들어내는 데만 사용되는 장소로 떠나갔다.

　가엾고 어리석은 A 부인! 당신은 속고 말았습니다. 죽음이 당신을 희롱했고 죽음 전에는 병이 그랬지요. 당신이 병풍 뒤에 숨겨놓았던 그림들은 어떻게 됐나요? 먼지에 그림들이 상할까봐 당신은 오랫동안 그것들을 쳐다보지도 못했지요. 병풍마저 사라졌으니, 아마 어느 습한 창고에 버려져 있을 겁니다. 셀로판지에 싸여 팰릿 위에 놓인 채 말이지요. A 부인, 우리는 언제나 미래를 생각할 필요가 있습니다. 당신은 자주 당신의 현명함과 경험을 통해 배운 모든 걸 어떻게 알게 되었는지 자랑했지만, 안타깝게도 별로 쓸모가 없는 것으로 드러났습니다. 소유하던 것을 지키기에 당신의 현실감각이 충분하지 않았으니, 그 점에 대해 더 생각했다면 좋았을걸 그랬어요. 죽음은 우리의 가장 사소한 잘못도, 가장 순진한 결점도 봐주지 않아요.

　우리는 식탁을 주방에 가져다놓았다. 에마뉘엘레는 그 물건의 정체를 알아차렸지만, 잠깐 만져보지도 않고 그 주위를 돌았다. 마치 어떤 시공간 터널을 통해 식탁이 과거 A 부인의 집에서 그 자리까지 이동해왔는지 궁금해하는 것 같았

다. 첫날 저녁은 그 식탁에서 식사하는 게 이상하게 느껴졌
다. 우리는 대리석 표면의 냉기에 익숙하지 않았다. 팔이 닿
을 때 전해지는 매끈한 느낌도 마찬가지였다. 인공조명이
하얀 대리석 표면에 반사되어 눈에 비췄고, 주방이 갑자기
더 밝아졌다.

"전등 밝기를 더 낮춰야겠어." 내가 말했다.

"그러게." 노라가 무심결에 대답했다. 그런 후 한마디 덧
붙였다. "그분과 함께 식사하는 것 같지 않아?"

크레덴자는 도시의 주방에 놓기에는 너무 길고 지나치게
커서 둘 자리가 없었다. 그래서 지하실에 보관했다. 그러기
는 어렵겠지만 언젠가 새롭게 쓰일 때를 기다리기로 했다.
어느 날 아침, 나는 크레덴자를 닦고 그 위에 벌레 방지제를
바르기 위해 지하실로 내려갔다. 가구 귀퉁이에 쌓여 있는
미세한 나무 먼지가 눈에 띄었다. 위쪽 문을 열어보니, 안쪽
벽이 다양한 신문 기사들로 도배되어 있었다. 각각의 기사
에는 볼펜으로 1975년 아니면 1976년이라고 날짜가 적혀
있었다. 그때는 레나토가 아직 살아 있었으나 심각하게 쇠
약해진 시기였다. 내가 알기로 그 가구는 아마도 결혼식을
계기로 A 부인이 친척 어른에게 받은 것이었다.

나는 기사 조각의 제목들을 훑어보면서 타당해 보이는 범주로 분류해봤다.

어두운 음모, 경찰관 체포되다

펜타곤과 CIA는 쿠바에 가뭄을 유발했는가?

ITT*는 반反아옌데 쿠데타를 재정적으로 지원했다고 밝혔다.

공공주택들 태양광 에너지로 난방한다

화장품 회사 사장의 10억대 연봉

산조리오: 오염물질 매립지

그녀는 50세, 그는 67세. "첫눈에 반했다."

얼핏 보기에 총 사십여 장쯤 되는 이 기사들은 별다른 연관성이 없어 보였다. 유일하게 분명한 단서는 그 기사들을 선택한 사람이 A 부인이 아니라는 사실이었다(쿠바가 어디 있는지, 그리고 펜타곤이 다섯 면을 지닌 기하학 형태 외에 다른 무엇을 의미하는지 그녀가 정확히 알았을까 의심스럽다). 그렇지만 한쪽 문에서 다른 쪽 문으로, 한 기사에서 그

---

* 1920년 설립된 미국의 거대 복합기업.

옆의 다른 기사들로 시선을 옮기면서 그 기사들의 유형이 생각보다 많지 않다는 사실을 깨닫기 시작했다. 기사들은 기본적으로 몇 가지 주제를 드러내고 있었다. 나는 기사들을 주제별로 나누면서 세어봤다. 작업을 마치고 보니, 놀랍게도 대부분이 CIA, FBI, 미국과 피델 카스트로의 갈등관계와 관련되어 있었다. A 부인은 우리가 마지막으로 나눈 대화에서조차 권력의 음모에 관한 레나토의 특별한 관심을 내비친 적이 없었다. 반면에 크레덴자의 문은 정치적 음모에 매료된 한 남자를 보여주고 있었다. 그는 관련 기사들을 나란히 붙이면서 자신을 실수로 끌어들인 사회의 계략을 밝혀낼 복잡한 전체 그림을 추론했을지 모른다. 어쩌면 그보다 더한 것이었을 수도 있다. 예를 들면, 레나토는 비밀 정보국과 협력했을 수도 있다. A 부인은 언제나 그를 예측할 수 없는 사람, 목숨이 여러 개인 사람, 그래서 매우 흥미로운 사람으로 묘사했었다. 하지만 비밀 정보국의 협력자가 CIA에 관한 기사들을 주방 가구 안에 붙여놓을 가능성은 거의 없다.

마킹펜으로 동그라미 친 부분에는 1973년 자료를 기준으로 세계에서 가장 영향력 있는 10대 기업의 목록이 있었다. 크라이슬러는 5위였다. 만약 레나토가 그사이에 일어난 일을 안다면, 크라이슬러가 추락해 잿더미로 변하고 지금은 그의 동포 한 사람의 경영권 아래 있다는 사실을 안다면, 지구의 자전축이 거꾸로 돌아갔다고 생각했을 것이다.

만약 나와 노라의 가구들이 어느 날 경매에 들어가거나 화산 폭발 후 잿더미 아래서 발견된다면, 우리의 흔적은 거의 찾아볼 수 없을 것이다. 다만 집안 구석구석에 마킹펜으로 거침없이 그려넣었던 시절부터 만들어진, 암벽 벽화 같은 에마누엘레의 비밀스러운 낙서들은 발견될 것이다. 미래의 고고학자들은 아무런 사진도 발견하지 못할 것이다. 우리가 가지고 있는 몇 안 되는 사진들은 컴퓨터 하드디스크에 저장되어 있다. 그것들이 발견될 때쯤이면 이미 수년 전부터 사용할 수 없는 상태일 것이다. 노라와 나는 인습 타파에 이상한 열정을 가지고 있다. 어떤 것도 보관하거나 모아놓지 않는다. 편지나 메모조차(장보기 목록을 제외하고) 주고받지 않는다. 여행하는 동안에도 기념품을 사지 않는데, 대부분 볼품없는 경우가 많고, 이제는 세계 어디서나 똑같은 물건을 볼 수 있기 때문이다. 그리고 우리 아파트에 도둑이 든 후로는 집안에 금이나 보석을 간수하지 않고, 아예 사지도 않는다. 우리가 함께하는 삶의 실제적인 증거는 컴퓨터 실리콘 메인보드의 뛰어난 기억력에 달려 있다. 아니다. 노라도 그렇고, 우리 둘 다 미래마저 생각하지 않는다. 우리는 결혼 앨범도 없다. 이해가 되는가? 하지만 언젠가는 사진의 이미지 속에서라도 다시 느끼고 싶은 순간으로부터 멀어진 우리 자신을 발견할 것이다.

우리집에 쌓인 재를 날려버릴 고고학자들은 정교한 가구들의 금속 부분만 발굴하게 될 것이다. 그리고 본래의 아름다움을 복원하는 데 엄청난 어려움이 따를 것이며, 고작 몇 가지 물건을 발견하고는 거의 아무런 장식물도 찾아내지 못할 것이다. 매년 많은 장난감과 색칠 용품들을 정리하는 에마누엘레의 방에서도 그러할 것이다. 왜냐하면 그애의 관심을 끄는 것들이 이젠 모두 콘솔 게임기의 회로 안에 들어 있기 때문이다. 오랫동안 그 집에서 한 커플이 한 가족이 되어 살았고, 그들이 다 함께 행복했음을 고고학자들에게 암시할 수 있는 것이 과연 있을까.

만약 어떤 복잡한 화석화 과정을 통해 아직 폐기되지 않고 휴지통에 쌓여 있는 쓰레기들 틈에서 신문 몇 조각이 살아남는다면, 내가 A 부인의 크레덴자 안에 있는 기사 제목을 읽었듯이 고고학자들은 그 제목들을 훑어보면서, 어쩌면 두번째 중세시대라고 생각할지 모른다. 암울하고 희망이 거의 없는 천년의 또다른 시작이었다고 말이다. 아니면 반대로, 우리에게만 이 시대가 그토록 심각하고 파멸의 위기에 처한 듯 보이는 것일지도 모른다. 레나토에게 그의 시대가 암울하고 끝을 향해 가는 것처럼 보였듯이. 시대마다 그 시대가 대재앙에 처했다는 오만한 주장은 존재하기 마련이다.

베이루트

"그분 없이는 엄두가 나지 않아." 바베트 없이 지낼 첫 크리스마스가 다가오자 노라가 고백한다. A 부인은 크리스마스이브를 우리가 아니라 사촌들과 보내기로 결정했다(그녀는 항상 사촌들을 시기심 많고 성질 고약한 사람들로 묘사했고, 외롭게 지내더라도 늘 그들과 거리를 유지해왔었다. 하지만 암이 가족에 대한 그녀의 면역력까지 약화시킨 것 같다. 반평생 지켜왔던 방어력이 이제 약해진 것인지도 모른다). 아니면 올해도 우리가 그녀를 초대하리라고 예상하지 못했을 수 있다. 어쩌면 이렇게 생각했을지 모른다. '이제 더는 그들의 가사도우미가 아니니까, 나를 다시 봐야 할 이유는 없지.' 내가 A 부인에게 전화를 걸어 우리집에 오면 언제나처럼 환영이라고 말했을 때, 그녀는 거의 귀찮아하듯 당황한 기색이었다. "아, 제발요. 식탁에 앉고 싶은 마음도 전혀 없는걸요. 크리스마스 음식을 보고 싶은 마음도요. 함께 식사하기에는 이제 내가 너무 까다로워졌어요."

나는 그녀에게 저녁식사 전이나 후에, 식사를 하든 하지 않든 함께 시간을 보내자고 제안했다. 그래도 변함없이 기쁠 거라고.

"나는 신경쓰지 말아요." 그녀가 딱 잘라 말했다. "편안하고 오붓하게 크리스마스 보내요."

그렇지만 노라와 나는 전혀 편안하지 않다. A 부인이 오지 않는다면, 크리스마스이브 만찬에 함께할 손님 명단이 훨씬 위협적인 부담으로 다가온다. 노라의 어머니와 장모의 두번째 남편 안토니오 그리고 그의 딸 마를레네 말이다. 안토니오는 경제위기에 열을 올리는 열정가이자 나이를 잊은 논쟁적인 블로거다. 마를레네는 노라보다 열 살 적은데, 나이 차 때문인지 아니면 노라의 격렬한 주장대로 부모의 새로운 자녀들을 좋아하고 애착관계를 갖는 것이 너무도 부자연스럽기 때문인지 노라는 그녀와 결코 가깝게 지낸 적이 없었다. 크리스마스가 다가옴에 따라, 노라 부모님의 결별은 폭풍우를 몰고 올 구름처럼 점점 심각하게 불거진다. 그러면 노라는 공기 중에 잠재된 정전기를 흡수하고는 계속해서 사정거리에 있는 누군가에게, 이번 경우엔 에마뉘엘레나 내게 1만 볼트나 되는 전기를 곧바로 방출하려 한다. 아무도 실망시키지 않고, 나의 가족, 그녀의 가족 그리고 그들의 친인척을 실망시키지 않는 동시에 그들과의 어색한 마주침을 피하는 건 결코 성공할 수 없는 게임이다.

최소한 A 부인과 함께 있으면 안정적인 요소가 보장됐다. 식탁에서 공통 대화 주제가 바닥을 훤히 드러내고 화젯거리를 찾고 싶은 마음도 별로 없을 때, 우리는 그녀가 준비한 요리에 관심을 쏟았다. 음식에 찬사를 보내고, 차례로 돌아가며 칭찬했다. 그러는 동안 다음해를 위한 계획을 미리 제안하면서 자정까지 힘겹게 시간을 끌었다. A 부인은 크리스마스의 중심인물 또는 희생양이었지만, 어쨌거나 그 사실에 기뻐했다. 비록 우리가 마련해준 자리에 앉아 즐길 새는 없었지만, 그날 저녁은 다른 어떤 때보다도 그녀가 가족의 일원처럼 보였다. 그녀는 이야기를 하다 말고 거실과 주방을 바삐 오갔고, 필요 이상으로 일찍 접시들을 닦기 시작했다.

그러면서 오 분마다 역할을 바꿔 가사도우미에서 손님으로, 다시 가사도우미로 옮겨갔다. 돌이켜보면, 분명히 극도로 피곤했을 것이다. 후식을 먹을 즈음 나는 선수를 쳐서 그녀를 꼭 앉아 있게 했다. 그러고는 정확히 이렇게 말했다. "이제 의자에 꼭 붙어앉아 있어요." A 부인은 내가 그런 식으로 거침없이 말하는 걸 좋아했다. 그녀는 무릎 위에 두 손을 모으고 만찬의 마지막 시간을 즐겼다.

그녀는 누구에게도 선물을 하지 않았지만, 언제나 두어 가지 선물을 받았다. 우리의 선물과 노라 어머니가 준비한 선물이었다. 사실 노라 어머니의 선물은 보잘것없었는데, 한 번 이상 재활용된 선물이 아닐까 의심이 든다. 두 모녀는 서로를 참고 견딘 적이 없었다. 결국 노라는 바베트를 향한 절대적인 애정을 자주, 아무렇지 않게 드러냈다.

크리스마스이브 만찬에는 늘 장모가 준비해온 구이와 A 부인의 구이가 냉정하게 비교되는 시간이 있었다. 식탁 중앙에 오븐 접시가 두 개 나란히 놓였다. 두 경쟁자는 서부영화의 주인공들처럼 한참 시선을 주고받았다. 이미 배가 불러 있던 우리 모두는 마지못해 차례로 요리를 한입씩 먹었고, 그런 후엔 전보다 더 떠들썩하고 과장스러운 칭찬을 늘어놓았다. 우리는 두 요리에 정확히 똑같은 평가를 하려고 노력했지만, 결국에는 A 부인이 언제나 더 높은 점수를 얻었다.

"도망가자. 그게 우리가 할 일이야." 노라가 제안한다.

우리는 12월 24일에 출발하는 베이루트 항공편을 활용한다. 노라 어머니의 반대에 우리는 그 시기의 항공편이 훨씬 저렴하다고 맞받아친다. 경제적인 이유를 들면 장모가 아무 말 못 할 것을 알기 때문이다(이혼으로 우여곡절을 겪은 뒤로 그녀의 가치 척도 맨 꼭대기에는 돈이 올라가 있다). 에마누엘레에게는 선물들을 그전과 똑같이, 오히려 더 일찍 받을 거라고 안심시킨다. 그 말에 아이 역시 안심하는 듯 보인다.

어떤 습관이 시작되는 과정은 신기하다. A 부인의 암 투병과 때 이른 죽음으로 노라와 나는 비밀스럽고 금지된 협정을 맺었다. 그해부터 다시는 부모와 크리스마스를 보내지 않기로 약속했다. 12월부터 다음 12월까지 우리는 항상 그 휴일로부터, 그리고 가족이라는 이름의 악천후와 이제는 그 가치가 의심스러운 전통으로부터 멀리 떨어뜨려줄 충분한 경비를 모을 것이다.

비행기 안에서 나는 싯다르타 무케르지의 『암: 만병의 황제의 역사』를 읽는다. 인도계 미국인 무케르지는 수년간 혈액학과 종양학 간의 정체된 교차 영역을 탐구한 후 참고 문헌이 빼곡히 실린 칠백 쪽 분량의 소설화한 암 이야기를 완성했고, 이 책은 곧장 퓰리처상을 수상했다. 각 단락은 A 부인의 상태를 조명하고, 그녀를 향한 실낱같은 희망을 내게서 빼앗아간다. 무케르지는 암을 전면전으로 묘사하는데, 대단한 호전을 보이며 얼마간의 성공으로 특징지어지지만 결국에는 실패하는 모험이라고 말한다.

나는 고대 그리스 의사 갈레노스가 암과 우울의 연관성에서, 둘 다 흑담즙질이 지나칠 때 발생한다고 주장했던 유추 부분에서 잠시 멈춘다. 그것을 읽는 동안 마치 점액이 느껴지는 것 같고, 타르가 분출되어 흐르면서 내 림프계를 막는 것만 같다. 친애하는 A 부인, 고대 의학에 따르면 우리 두 사람은 우리를 결합시키는 애정 이상의 무언가를 공유하고 있습니다. 우리 둘은 같은 색에 속해 있어요. 우리는 흑담즙질의 옹호자들입니다.

나는 상담치료사에게 전화를 걸어 어지러운 속도로 나를 사로잡는 불안을 막고 싶지만, 여기서는 불가능하다—객실의 유료전화를 사용할까? 정말 효과가 있을까? 어쨌든 지금은 크리스마스이브다. 아무도 안 받겠지―그래서 나는 스튜어디스에게 프랑스산 미니 포도주 한 병을 더 달라고 한다. 그녀는 나를 꽤 오랫동안 기다리게 하더니 경멸 섞인 태도로 가져다준다. 분명 무슬림일 것이다. 아니면 단순히 아들 옆에서 비행중에 술에 취해가는 아버지의 모습이 한심해 보였을지도.

그 스튜어디스는 흑담즙질에 대해서 아무것도 모를 것이다. 내 어깨에 기대어 곤히 잠들어 있는 노라 역시 잘 알지 못하듯이. 나는 감동과 부러움 사이에서 서성이며 그녀를 바라본다. 그녀의 림프는 어떤 일이 있어도 맑고 투명하고 풍부하게 흐른다. 나는 그녀의 생명력이 무궁무진하다고 확신한다. 그 어떤 것도, 아무리 결정적인 고통도, 아무리 무거운 슬픔도 그것을 가로막을 수 없을 것이다. 결국 우리에게 일어나는 일 중에는 행복한 일도, 불행한 일도 결코 없다. 아니, 거의 없다. 우리 안에 흐르는 기질에 따라 이럴 수도 있고 저럴 수도 있는 것이다. 그녀의 기질은 용해된 은이다. 금속 중 가장 하얗고, 가장 뛰어난 도체이며, 가장 냉정한 반사체다. 그녀가 그토록 강하다는 사실을 안다는 위안과 내가 그녀에게 절대적으로 필요한 존재가 아닐지 모른다는 두려움, 그리고 의존의 무수히 많은 방식 중에서 다른 생명을 빨아들이는 거머리나 거대한 기생충처럼 내가 그녀에게 달라붙어 있는 건 아닌가 하는 두려움이 뒤섞인다.

어느 날 저녁 우리는 A 부인에 대해, 항상 누군가나 무언가를 돌보는 데 헌신을 다한 그녀의 삶에 대해 이야기를 나눴다. 그 삶의 한가운데서, 신체적으로 가장 활력이 넘쳤을 때, 그녀는 남편과 함께 오 년 동안 완벽한 행복을 경험했다. 그의 신장이 병들기 전이었다. 오 년이라는 시간은 그녀의 마음속 깊이 간직된 기억 외에 아무런 흔적도 남기지 않았다. 오 년의 결혼생활과 일 년의 연애 기간 동안, 그녀는 이전의 자기 모습과 자신을 만족시키지 못했던 것들로부터 거리를 두었다. 그러면서 눈앞에서 매일 냉혹하게 거듭되는 수백 번의 투석으로 쇠약해져가는 레나토의 고통스러운 모습을 견디게 해줄 추억들을 충분히 쌓았다. 잔인한 투석 과정은 그의 혈액과 성격, 그녀를 향한 사랑을 변화시켰다. 오년이라는 시간은 그녀가 사십 년을 더 살아내기에 충분한 시간이었다.

"당신이라면 해낼 수 있을까?" 노라가 내게 물었다. "그런 삶을 견딜 수 있겠어? 내가 병들면 끝까지 나와 함께할 힘이 있을까?"

"내 기억이 맞다면, 우리 둘 다 그러기로 약속했잖아."

"그런데 레나토처럼 투병이 길어지면 어떡해? 인생의 가장 소중한 시기를 잃어가면서도 나와 그 오랜 세월을 함께할 수 있어?"

"그럼, 그럴 거야."

림프가 빠르게 흐르는 사람들은 급류처럼 막을 수 없는 기질을 타고났기 때문에 질문을 돌려주지 않는 편이 낫다는 걸 나는 알았다. 하지만 사랑하는 사람들 사이에는 어떤 경계를 넘으면 필연적으로 어두운 심연에 상대를 끌어들이는 대화들이 있다.

"그럼 당신은?"

노라는 귀 뒤로 곱슬거리는 머리카락에 오른손을 가져갔다. 머리를 묶을 때 외에는 감춰지는 갈래였는데, 나는 늘 그 부분을 손가락으로 더듬어 찾곤 한다. 그녀는 머리카락을 꼬며 말했다.

"모르겠어. 그럴 것 같아." 하지만 그녀는 대답하는 동안

망설였다.

남은 저녁 시간 동안 우리는 서로 거리를 뒀다.

크리스마스 자정을 몇 시간 지나 중동의 온대지방으로 향하는 비행기 안에서, 가족은 잠들어 있고 밖에는 우리를 위협하는 것이 아무것도 없는 지금, 나는 우리 삶의 정점에 있는 기분이 든다. 눈부시게 반짝이는 찰나의 봉우리 위에 다다른 느낌이다. 그러한 순간이 얼마나 지속될지, 그리고 충분히 음미할 방법은 무엇일지 스스로에게 묻는다. 물론 마실 생각도 없는 포도주를 더 마셔가며 감각을 흐트러뜨리고 싶지는 않다. 게다가 노라와 나는 늘 너무 바쁘고, 너무 산만하며, 너무 피곤하다. 우리는 다가올 새로운 일들은 생각하지 않고, 현재의 의무감에서 해방해줄 뭔가를 끊임없이 기다리며 기대 속에 살아간다. 만약 우리의 전성기가 지금이라면, 나는 그것을 구가하는 방식에 만족하지 않는다. 노라를 깨워서 그 말을 하고 싶지만, 내 말을 진지하게 받아들이지 않으리란 걸 안다. 그녀는 비행기 좌석에서 몸을 돌려 한층 웅크리고는 어두운 창문에 머리를 기대고 그대로 다시 잠에 빠져들 것이다.

곱셈표 7단

A 부인의 크레덴자 안에 붙어 있던 기사 중 특별히 내 흥미를 끌었던 내용이 몇 가지 있었다. 테리 페일이라는 미국인이 나가사키에서 방사능에 피폭되고 삼십 년 후 죽었다는 기사였다. 그는 원자폭탄 투하 직후 그곳에 상륙했었다. 1970년대 영국에서는 폐와 심혈관 질환으로 한 해에 오만 명이 사망했는데, 니코틴 섭취가 사망과 관련 있다고 기사는 설명했다. 이탈리아에서는 어떤 해로운 약품이 오 년 넘게 시중에 유통되었다. 이온화방사선, 폐암, 약물. 당시 레나토의 시야를 이미 어둡게 만들고 있던 죽음의 그림자는 이미 A 부인에게 향하고 있었고, 그 역시 그 사실을 알고 있

었던 것만 같았다. 그가 그토록 꼼꼼하게 보존해둔 신문 기사를 보면서, 내 안에서는 어떤 의심이 생겨났다. 그가 아내의 최후를 예감했고, 그녀 자신보다 그녀의 죽음을 더 두려워했을지 모른다는 의구심이었다. 겉보기에는 서로 상관없는 사건들 속에서 그녀를 살릴 수 있는 방법과 가능한 치료법을 찾고 있었을지 모른다.

그런데 삼십오 년 후 A 부인은 불안정한 불소 동위원소가 과하게 농축된 상태로 흘러드는 주삿바늘에 왼팔을 내어준다. 혈관이 가늘고 연약해서 주사를 맞는 것이 고문에 가까웠지만, 오늘은 긍정적인 기분에 가득차서 주사를 놓는 간호사의 어설픈 시도에도 신경쓰지 않는다. 최근 몇 주 동안 느껴왔던 기분대로라면—그녀는 기운과 활력을 되찾았고, 매끄러운 피부에 체중이 2킬로그램 늘 정도로 식욕이 돌아왔다—병이 치유되었거나 적어도 빠르게 호전되고 있다고 확신할 만하다. PET*로 그 사실을 확인할 수 있을 것이다. 그녀에게는 자신의 회복세가 여러 달 전부터 비정상적인 양의 코르티손을 투약한 덕분이라는 생각이 스치지 않는다. 검사

---

* 양전자 단층촬영. 핵의학 검사 방법으로, 각종 암 진단에 활용된다.

가 끝나고 납으로 차단된 방사선 보호용 촬영실 안에서 투시된 몸을 살펴본 검사자의 당혹스러운 시선을 마주할 때조차 부정적인 의심이 들지 않는다. 모니터 속 한 여인의 환영 같은 몸에는 암세포가 폐에서 여러 부위로 전이된 모습이 나타났다. 제1요추와 회장, 그리고 오른쪽 대퇴경부에 이르기까지. 암세포들은 음화 쌍둥이와 함께 전멸하면서 빛으로 전환된 양전자 패킷을 방출했다. 이는 암이 이제 혈류로 들어가 인체를 완전히 장악하고 있다는 분명한 신호다.

그러나 A 부인은 아직 그 사실을 모르고 있고, 지금 당장은 안도감을 느낀다. 그 안도감은 육체적 건강에서 오는 것도 있지만, 그보다는 조금은 부끄러운 어떤 이유 때문이다. 일주일 전, 그녀가 만나던 화가가 잠든 상태에서 조용히 세상을 떠났다. 전날 저녁 그는 맛있게 먹고 마셨고, 다음날 아침 깨어나지 못했다. 이것은 그녀가 과거를 함께했던 사람들의 명단이 가차없이 줄어드는 것 말고도, 천국의 새가 온 이유가 그녀 때문이 아니라는 걸 의미한다. 둘 다 착각했던 것이다. 이건 좋은 소식이다. 아닌 척해봤자 소용없는 일이며, 어쨌든 화가는 불평할 게 전혀 없다. "난쟁이치고는 예정된 것보다 훨씬 오래 살았잖아요." A 부인은 그에 관한

짧은 평을 남긴다. "그는 그 모든 영광과 여자들을 누렸어
요. 매순간 즐기고 살았죠!"

나는 PET 검사 당시 그녀가 불행한 결과를 통보받기 전
에, 노라가 A 부인의 근거 없는 긍정론을 함께 공유했다고
생각한다. 심지어 노라가 어떤 식으로 긍정적인 생각을 부
추겼을지 모른다. 내가 물어보자 그녀는 아니라고 부정하면
서, 긍정으로 생각한 적도 없으며 침술에 대한 생각은 자신
이 아니라 어머니에게서 나온 것이라고 주장했다.

"침술? 정말 부인을 침 맞는 데 데려갔다고? 정확히 언제?"

"검사 결과 나오기 전에."

"그분은 말기 암이야. 그런데 당신들은…… 도저히 믿을
수가 없네."

노라의 뒤늦은 고백은 아주 가깝지는 않은 친구들을 저녁
식사에 초대한 날 나왔다(그들에게는 에마누엘레와 동갑인
딸이 있고, 우리와 생활 형편이 비슷한데다 지리적으로 가
까운 편이었다). 누군가 함께 있을 때 우리 부부는 뜬금없는
이야기를 하곤 하는데, 우리가 바라지 않을수록 그런 실수
가 더 잦아진다. 마치 증인이나 공범을 세우려는 것처럼, 아

니면 더 비겁하게 외부인의 존재를 이용해 상대방에게서 나올 반응을 차단하려고 애쓰는 것처럼 말이다.

노라는 방어 태세에 들어갔다. "당신이 생각하는 것만큼 효과는 없다 해도, 내가 보기엔 아무런 차이가 없어."

나무랄 데 없는 논리였지만, 나는 거기에 뭔가 오류가 있다고 느꼈다. 쉬운 치료법이 있다고 확신하면서 미신의 덫에 걸려 넘어진 것이, 암이 A 부인을 농락한 극도의 속임수 같았다. 우리가 그녀에게 베풀 수 있는 가장 큰 호의가 진실을 알리는 것인지 아니면 거짓 희망을 조장하는 것인지 판단하기에 그녀가 겪은 십육 개월의 고난은 충분하지 않았다. 하지만 나는 냉혹한 현실주의에 더 기울어 있었다.

"여러분이라면 어떤 결정을 내리겠어요?" 나는 손님들에게 물었다. "그런 진단을 받았다면 말이에요. 적어도 바보 취급 당하지 않을 존엄은 가질 수 있지 않나요?"

그들은 둘 다 방어진을 쳤다. 내가 겉으로 보기보다 더 열을 올리고 있음을 감지한 것이다. 어쩌면 가까운 사람의 암에 관한 얘기가 후식 시간의 대화 주제로는 적합해 보이지 않았을지 모른다.

"나는 다른 무엇보다 분명함을 중요시하거든요." 나는 말했다. "끝까지 그분을 기만하고 싶지 않아요."

"아, 속상해……" 노라는 내가 손님으로 온 친구들을 당황하게 했을 뿐만 아니라 방금 자신을 모욕했다는 걸 내비치며 말했다.

"왜 속상하다는 거야?"

그녀는 갑자기 일어나 빈 그릇들을 주워모았다.

"됐어. 어쨌든 당신은 이해 못해."

우리 둘만 남았을 때, 나는 그녀를 웃게 만들면서 용서를 구하려 했다. 그러면서 몇 년 전 에마누엘레를 위해 채식주의자인 소아과의사와 상담해야 한다고 그녀가 얼마나 주장했었는지를 상기시켰다. "그때 기억나? 무슨 닭처럼 캐러웨이 씨랑 기장으로 에마누엘레의 이유식을 시작하라고 권했잖아." 게다가 그 무렵 그녀는 불면증 치료를 위해 나를 도시의 유명한 최면 전문의에게 보냈었다(두 가지 모두 그녀 어머니의 조언이었다). 최면 전문의를 만났지만, 나는 최면에 걸리지 않았다. 오히려 그 시간 내내 어느 때보다 정신이 또렷했다.

"뭐가 보입니까?" 의사가 바리톤 목소리로 내게 물었다.

"아무것도 안 보여요. 아쉽네요."

그의 신경이 날카로워지는 걸 눈치챘지만, 내 입장에서는 그가 내 반응을 무시하는 것 같아 화가 났다. 이완 상태로 접어드는 어느 시점에 내 머리가 핑핑 돌기 시작했다. 그는 내 현기증을 달팽이관 질병의 잔존 현상으로 해석하면서 재빨리 그 증상에 매달렸다.

"틀림없이 볼거리를 앓았었군요."

"맞아요. 하지만 다섯 살 때인데요."

"아, 그렇군요. 많이 무서우셨죠, 안 그래요?"

"잘 모르겠어요."

"당연히 무서웠을 거예요! 연약한 어린아이가 처음으로 현기증을 느낀다고 생각해보세요. 그 아이는 자신에게 무슨 일이 일어나는지 몰라서 겁났을 겁니다. 아주 많이요. 안 그런가요?"

"글쎄요……"

"품에 안아주세요."

"품에요? 누구를요?"

"그 아이를 안아주세요. 가만히 달래고 어루만져주세요. 그때의 자신을 보살펴주세요. 그리고 겁내지 말라고 속삭여주세요……"

하나, 둘, 셋! 그는 만족한 얼굴로 나를 깨웠다.

"내가 항상 끔찍한 트라우마라 여겼던 모든 것이 단순히 볼거리의 영향일 수도 있어." 내가 그 말을 하자 아내가 미소 짓는다. "당신과 당신의 예지력 강한 어머니가 내게 뭘 발견하게 했는지 알아? 이리 와봐. 조금 더 가까이. 내 안에 있는 고통스러운 아이를 달래주게 도와줘."

사실 노라와 그녀의 어머니와 A 부인은 정말 침술사에게 갔었다. 세 사람이 함께 찾아간 맹인 침술사는 장모가 담배를 끊게 도와주었고, 한밤중의 아이스크림 폭식도 멈추게 해준 사람이었다. 거기에 더해 장모의 요통과 이혼 후 심해진 편두통과 치질, 그리고 자존감과 관련된 전반적인 문제들을 해결해줬다.

"침술사가 어떻게 맹인이야?" 어느 날 내가 그녀에게 물어봤다.

"당뇨병 때문에 맹인이 됐어. 가끔 침 빼는 걸 깜박하는데, 샤워하다보면 알아차리게 돼."

적어도 그 상황에서, A 부인은 안쓰럽게 쇠약해진 자신을 알아볼 수 없는 사람 앞에서 옷을 벗은 것이다. 침술사는 따뜻하고 날랜 손끝으로 그녀의 피부를 찬찬히 살피면서 침 놓을 자리를 찾았다. A 부인은 몸을 떨었고(추위 때문이기도 했다), 그는 그 상황을 알아채고 몇 초 동안 손바닥을 그녀의 두 귀에 갖다댔다. 그러자 떨림이 순식간에 멈췄다. 한 남자가 그처럼 부드러운 손길로 그녀를 만진 지가 얼마나 오래전인가? 의사들은 항상 보호 장갑을 끼고 있었고, 대부분 젊고 차가운 사람들이었다. 하지만 보이지 않는 눈을 지닌 침술사……. 섬세한 촉각과 아름답고 온화하며 깊은 목소리를 가지고 있었다.

그는 어떻게 귓바퀴의 나선형 모양이 머리가 거꾸로 뒤집힌 태아, 즉 세상에 태어나기를 기다리는 태아의 형태를 띠는지 그녀에게 설명했다. 그리고 귓바퀴라는 축소된 개인의 신경중추를 적절히 자극해서 온몸을 치유하는 것이 어떻게 가능한지 알려줬다. A 부인은 주의깊게 들으면서 그 말들을 삼키고 귀 안에 복제된 작은 암 종양이 들어 있는 상상을 했다. 작은 종양이 침에 찔리는 동시에 마법처럼 자기 가슴 안에 있는 종양 또한 사라지는 상상을 했다.

"아플까요?" 그녀가 물었다.

"전혀요. 침이 아주 가늘어요."

"유감이군요."

그녀는 자기 안의 괴물이 고통스럽게 죽기를 바랐다. 자기가 겪었던 고통을 아주 잠시라도 당해보길 원했다. 그 단계에서 그녀가 암에 대해 보인 양면성은 묘했다. 어떤 때는 암을 자신의 약한 부분처럼 말하다가, 또 어떤 때는 몸안에 자리잡은 제거해야 할 외부 생명체, 그게 전부라는 듯이 말했다.

"이제 눈을 감으세요." 맹인 침술사가 말했다. "뭔가 즐거운 생각을 해보세요."

즐거운 생각이라. A 부인은 다른 의사의 진료실에 놓인 침대에 누워, 고슴도치처럼 몸에 꽂힌 침들이 구부러지거나 움직이거나 더 깊이 박히지 못하도록 꼼짝하지 않고서, 아주 오랜만에 처음으로 레나토와 결혼했던 10월의 마지막 날과 계곡의 경사면에 상처를 입은 듯 붉게 물들어 있던 단풍나무들을 떠올렸다. 결혼식에서 그녀는 재봉사가 벨기에 왕비 파올라 루포 디 칼라브리아의 것과 똑같이 만든 드레스를 입었다. 하지만 재단사는 신부만의 특징을 더 살리기 위해 벤티 세템브레 거리의 모자 장인에게 하얀 꽃봉오리 화관을 주문했다. 그날 입었던 드레스와 화관은 아직도 혼수

품과 함께 그녀의 장롱 안에 들어 있었다. 그녀는 그것들을 곧바로 정리한 후 다시 꺼내볼 생각을 차마 하지 못했다. 손님에게 대접하려고 너무 아끼느라 한 번도 사용하지 않은 귀한 시트와 식탁보를 생각하다보니 회한이 파고든다.

어떤 연결고리가 있는지 모르겠지만, 그러다 A 부인의 생각이 에마누엘레에게로 옮겨간다. 아마 그애가 집안의 모든 가구 문을 열어 안에 무엇이 있는지 들여다보는 버릇이 있었기 때문일 것이다. 그녀는 아기였던 그애가 의자 다리에서 손을 떼고 자신을 향해 아장아장 세 걸음을 떼어 마침내 자신의 스타킹을 붙잡았던 아침으로 되돌아간다. 걸음마에 성공한 그날의 기적을 목격한 사람은 A 부인이었다. 노라와 나는 기분이 약간 상했는데, 그녀가 너무 길게 그 사실을 자랑한 탓이었다. "에마누엘레가 나와 함께 걷기 시작했어요." 그녀는 자랑스럽게 선언하면서 처음부터 그 장면을 다시 묘사하기 시작했다. 그녀가 반복하는 얘기를 수없이 들었던 에마누엘레는 그 이야기를 자신의 기억으로 착각하게 되었다. "네, 확실해요. 의자에서 손을 떼고 바베트가 있는 데까지 걸어가서 스타킹을 붙잡았어요." 바베트가 세상을 떠난 후로 우리는 그 얘기에 반박하기를 단념했다.

A 부인이 우리 아들에 대해 자주 하던 말이 있었다. "또래 아이 열 명을 놓고 비교해봐요. 그애에 비하면 다들 다람쥐 같다니까요." 어떤 면에서는 그녀의 말이 틀리지 않았다. 태어날 때부터 에마누엘레의 몸은 균형이 잘 잡혀 조화로웠고, 이목구비는 흠잡을 데가 없었다. 신생아실 플라스틱 요람에 누워 있을 때부터 눈에 띄게 또래와 차이가 났다. 병실에서 노라와 A 부인은 아기의 아주 작고 둥근 완벽한 두상에 대해 서로 칭찬하고 있었다―제왕절개의 장점이 거기 있었다―태어난 순간부터 피부가 맑고 매끄러웠고 신생아들을 조금 괴물같이 보이게 하는 붉은 기운이 없었다.

몇 주 더 지나서는, 과장된 감탄에 면역력이 있다고 생각했던 나 역시 어린 아들의 아름다움에 매료되고 말았다. 나는 가능한 한 오랫동안, 네다섯 살 때까지 아이를 내 곁에 붙들어뒀다. 가끔은 부끄러운 일이 발생하기도 했다. 아들의 보드라운 맨몸을 안고 있으면 억제하기 어려운 성적 흥분이 일곤 했다. 그것은 어떤 생각과도 무관한 육체적 반응이었다. 하지만 그 반응은 나를 당황하게 만들었고, 이런 이유로 나는 여러 차례 아들을 품에서 떼어놓았다. 노라는 그 사실을 알아차렸을 때 먼저 나를, 그다음엔 아들을 어루만졌다. "전혀 이상할 것 없어." 그녀가 말했다. "나도 온몸으로 그런 기분을 느껴."

이후 에마누엘레는 예상보다 빨리 성장했다. 우리는 아이가 어서 자라기만을 바랐고, 그것이 곧 큰 후회로 다가오리라는 걸 깨닫지 못했다. 아이는 그다지 민첩하지 않았고, 책임감도 별로 없었으며, 충분히 논리적으로 생각하지도 못했다. 에마누엘레는 오직 A 부인과 있을 때만 자신이 여전히 자신이라고 느끼고 있는 어린아이 상태로 퇴행했다. 그녀는 아이를 품에 안고서 오래전에 우리가 그만둔 어르기를 한참 동안 해줬다. 변덕스럽고 반복적인 표현을 마음껏 하도록 허락했고, 우리 생각엔 이젠 혼자 스스로 해내야 하는 모든 일을 돌봐줬다(하지만 노라와 나도 그녀에게 우리 자신을 돌봐달라고 내맡기면서 아들과 똑같은 방식으로 행동하지 않았던가?). 어쩌면 내가 에마누엘레의 진짜 모습을 보지 못한 것은 아이의 주위에 머무는 그녀의 존재 때문이었는지 모른다. 천재는 아니지만 평균보다 약간 뒤떨어지거나 보통 수준의 아이이고, 뭔가를 (특히 추상적인 것을) 이해하려면 과민해지는 성향을 가졌다. 그래서 항상 수고로운 노력과 걱정, 끊임없는 반복이 필요하다. 그 사실을 깨닫는 건 아들만큼이나 우리에게도 고통스러웠다. 어쩌면 이 때문에 내가 아직도 오랫동안 아이의 보호막이었던 A 부인을 원망하는 부분이 있는지도 모르겠다.

한 가지 사건이 떠오른다. 에마누엘레가 유치원 2년차일 때까지 아이는 그림에 아무런 소질도 보여주지 못했다. 낙서들에 뭔가 흠칫할 만한 구석이 있었지만, 우리는 크게 신경쓰지 않았다(살면서 테두리 안에 색칠할 줄 안다는 게 중요할까?). 적어도 내가 유치원에 데리러 갔던 날 오후까지는 그랬었다. 부모와 조부모들이 무릎을 꿇고 아이들이 신발 신는 것을 도와주는 유치원 현관에서, 나는 나란히 액자 모양으로 전시되어 있는 아이들의 템페라 자화상에 눈이 갔다. 에마누엘레의 그림은 가려져 있다시피 했는데, 다른 아이들의 그림과는 많이 달랐다. 특별한 형태가 없는 장밋빛 얼룩 위 눈이 있을 자리에는 비스듬히 그려진 두 개의 검은색 선이 있었다. 다른 그림들과 다르다는 것을 의식한 아이는 서둘러 상황을 분명히 해야겠다고 느꼈다. "내 그림이 제일 못 그린 거예요." 아이는 정확히 해둬야 할 필요성이 있는 것처럼 말했다.

나중에 나는 노라와 A 부인에게 그날 일을 말했다. 순전히 실망의 표출이었다. 만약 우리 아들이 다른 아이들보다 그림에서 뒤처진다면, 그리고 이것이 미래에 다른 수많은 것에서도 뒤처지게 되리라는 확실한 신호라면—나는 그 나이에 그림을 굉장히 잘 그렸다—받아들이는 수밖에 다른 도리가 없다는, 부모로서 끊임없이 좌절의 가능성에 노출되리라는 의미였다.

노라와 A 부인은 팔짱을 끼고서 내 말을 들었다. 그러더니 아무 말 없이, 내가 의도를 어렴풋하게나마 알아차리고 말릴 방법을 찾을 새도 없이, 집을 나서서 에마누엘레의 유치원까지 쫓아갔다. 거기서 둘은 어머니와 딸처럼 행동하면서 당장 템페라 그림들을 내려달라고 요구했다. 결국 의기양양하지만 화가 풀리지 않은 모습으로 돌아왔다. 내 눈에 그들은 새끼를 위협하는 늑대 무리와 피 터지게 싸운 후 동굴로 돌아온 두 마리 갈색 암곰처럼 보였다.

그렇지만 학년이 올라갈수록 또래와의 차이는 더욱 뚜렷해졌고, 둘의 대응 방법도 더는 충분하지 않았다. 초등학교 2학년이 시작될 무렵 에마누엘레는 여전히 b와 d, 오른쪽과 왼쪽, 앞과 뒤를 혼동했다. 그것이 내게는 견딜 수 없게 느껴졌다.

"당신한테는 참을 수 없는 일이겠지. 지능에 대한 당신의 개념은 제한적이니까." 노라가 반박했다. "그애는 대단한 상상력을 지니고 있어. 하지만 당신과 당신 가족들에게 이 점은 대단치 않아, 그렇지? 당신들에게는 오류가 없는 학문적 완벽성만 중요하니까."

"지금 우리 가족 얘기가 왜 나와?"

"성적도 훌륭하고 학술지 논문도 우수한 두 인류학자와 그들의 젊은 물리학자 얘기야. 솔직히 말해봐. 당신 아들이 수학 천재가 아니라는 사실에 자존심이 상한다고 인정해. 그게 다잖아."

아, 그녀가 옳았다. 내게는 확실히 그런 부분이 있었다. 하지만 그때는 악의에 차서 일부러 이렇게 대답했다. "미안하지만 수학에 대한 자질은 유전이야."

그녀는 고개를 흔들었다.

"그럼 그애가 운 나쁘게도 형편없는 쪽에서 물려받았다는 얘기네."

어느 토요일 아침, 에마누엘레와 나는 서로를 마주하고

있다. 우리 둘 다 일주일을 통틀어 가장 싫어하는 시간이다. 우리는 거실 탁자에 앉아 있다. 너도밤나무 원목 탁자는 노라가 벨기에에 있는 그녀의 디자이너들 중 한 명에게 의뢰해서 만든 것이다. 우리는 혹시라도 볼펜 자국이 남을까봐 전전긍긍하며 탁자를 쓴다. 나는 천천히 산수 공책을 펼쳐보는데, 유광 비닐 표지의 냄새가 어린 시절 내 공책 표지의 냄새와 똑같다. 공책 안은 전쟁터 같다. 여기저기 빨간 표시들과 페이지 전체에 찍찍 그어진 대각선들, 오답 풀이 의견과 느낌표들이 있다.

"이건 뭐야?" 내가 묻는다.

"선생님이 종이를 뜯었어요."

"왜?"

"다 틀려서요."

우리는 삼십 분 넘게 곱셈표를 놓고 씨름한다. 그리고 얼굴이 점점 더 일그러진다.

"7 곱하기 1은?"

"7."

"7 곱하기 6은?"

에마누엘레는 아주 천천히 손가락으로 센다.

"44."

"아니, 42야. 7 곱하기 0은?"

"7."

아이러니하다. 아니, 가혹하다. 이론물리학 학위가 있고 양자장론 전공자이며 미적분학의 가장 진보된 형식주의를 두루 잘 아는 내가, 어떤 수든 0을 곱하면 0이 되는 이유를 내 아들의 머릿속에 옮길 수가 없다. 아들의 두개골 내부에서 안개 속에 떠다니는 뇌를 보는 것 같다. 그 안개 속에서 사실을 말하는 주장들은 어떤 의미도 구성하지 못한 채 흩어져버린다.

나는 인내심을 잃는다.

"0이야, 0! 이해할 수 없으면 그냥 외워!"

나는 바로 아이의 코앞에 대고 엄지와 검지로 빈 원을 만들어 보인다. 나는 이 표시로 아이를 정의하고 싶은 게 분명하다.

"하지만 곱셈표에는 없잖아요." 아이가 항변한다.

"곱셈표와는 상관없어! 그냥 네가 아둔한 거라고!"

그 순간에 노라가 등장하고, 내게 다른 곳에 가 있으라고 말한다. 그녀가 나와 교대한다. 주방에서 나는 평정심을 되

찾으려고 노력한다. 그녀가 아이를 대신해 곱셈 문제를 푸
는 소리가 들린다.

겨울

누군가와 함께 여러 해를 살다보면 어디서든 그 사람이
남긴 상징물들을, 그토록 오랫동안 공간을 공유했던 사람의
흔적을 발견하게 된다. 나는 굳이 찾아 나서지 않아도 집안
구석구석에서 노라의 자취를 발견한다. 마치 그녀의 영혼이
미세한 먼지층처럼 물건들 위에 내려앉아 있는 것만 같다.
그리고 A 부인은 그녀의 생애 마지막 해에도 어디서나 레나
토의 희미한 홀로그램을 마주치곤 했다. 창가에 서서 아파
트 뜰에서 도로로 연결되는 가파른 경사로를 가만히 바라볼
때마다, 남편의 말을 어기고 현관문에 놓인 받침에서 열쇠
를 몰래 가져와 차고에서 자동차를 끌고 나온 그날이 떠올

랐다. 그는 그녀가 운전하는 걸 원치 않았지만, 병을 앓게 되자 투석을 위해 누군가는 그를 일주일에 세 번 병원에 데려다줘야만 했다. 다른 누가 그 일을 할 수 있었겠는가?

"도로 모퉁이에서 차 오른편을 긁었어요." 그녀가 내게 말했다. "그러고는 집으로 돌아가서 남편에게 말했어요. '자, 준비해!'"

그녀는 그때의 소심한 영웅적인 시도를 자주 언급했고, 그 일을 레나토의 쇠락의 시작인 동시에 그녀 자신의 독립의 시작을 나타내는 중요한 기점으로 여겼다. 그때까지 그들의 관계는 노라와 나의 관계보다 훨씬 조화롭게 정돈되어 있었다. 우리는 각자가 맡은 일이 무엇인지 더는 구분되지 않을 정도로 계속해서 남편과 아내의 역할을 맞바꾸곤 했다. 레나토가 운전을 했고, A 부인은 하지 않았다. A 부인이 선반의 먼지를 털어냈고, 레나토는 하지 않았다. 각각의 일에 대한 책임은 처음부터 한 사람에게 맡겨져 있었다. 그녀에게는 이미 정해진 역할을 벗어난 결혼생활이 생경하기만 했다. 이런 그녀의 존재가 우리에게 안정감을 준 것일지도 모른다. 왜냐하면 우리는 그녀를 통해 시대에 뒤떨어진 단순화된 가족 모델에 대한 조금은 부끄러운 향수를 경험했기 때문이다. 모든 개인이 동시에 모든 것이 될 필요가 없는 모델—남성과 여성, 논리적인 성향과 감성적인 성향, 온순함과 엄격함, 낭만성과 평범성을 전부 지닐 필요가 없는 모델—너무 광범위하고 분화되지 않아서 어떤 일에든 우리가 역부족이라고 느끼게 하고 책임감에 짓눌리게 하는 이 시대의 것과는 다른 모델 말이다.

A 부인은 우리의 혼란스러운 역할 분담에 오히려 너그러웠고 현대사회의 결점인 것처럼 눈감아줬지만, 본능적으로는 반대하는 입장이었다. 그녀는 내가 세탁물을 뒤적이는 모습도, 노라가 드릴을 들고 벽에 구멍을 뚫는 것도(나보다 훨씬 능숙했다) 받아들이지 못했다. 그럴 때면 그녀는 우리 둘을 모두 밀어내고, 우리가 하던 일을 계속할 방법을 찾아냈다. 그녀는 과부가 되어 완벽하게 양성적인 인간이 된 뒤로 모든 것을 스스로 할 수 있게 됐다. 어떤 의미에서 그녀의 죽음은 구원의 기회이기도 했다. 만약 우리가 지나치게 오래도록 그녀의 시선에 의존했다면, 오십 년 전에 잉태된 그들의 결혼생활을 재현하면서 대담한 남편과 순종적인 아내의 화신이라는 덫에 갇혔을지도 모른다.

그녀는 남성우월주의와 가부장적 원칙에 젖어 있는 관습

적인 여자였지만, 그 사실을 인지하지 못했다. 노라를 대할 때보다 나를 대할 때 조금 더 공손했던 태도가 나를 한 집안의 가장으로 인정한 행위였다는 건 이상한 일이다. 자신의 애정이 전부 아내에게 향해 있는데도 선택의 여지 없이 내 의견을 더 신뢰하고, 내 요구에 더 관심을 기울이고, 아내와 관련된 일보다 내 특성에 더 중요성을 두는 것처럼 굴었다.

어느 여름, 나는 노라를 설득해 그녀의 어머니와 에마누엘레와 함께 일찌감치 휴가를 떠나라고 했다. 그 짧은 독신 생활 동안 A 부인은 어느 때보다 정성스럽게 나를 돌봐줬다. 그녀는 노라가 허락하지 않았을 요리들을 준비하는 데 열심이었고, 종종 나와 함께 있어주려고—이전에는 결코 그런 적이 없었다—저녁때까지 남아서 식사를 했다. 아침에는 날마다 텃밭에서 수확한 채소들을 가지고 평소 시간보다 일찍 도착했다. 내가 일어났을 때는 벌써 아침식사를 차려놓고 내 백팩 옆에 점심 도시락을 놓아둔 뒤였다. 카페테리아에서 파는 파니니 대신 나중에 학교에서 먹을 음식이었다. 그녀 말로는 그런 곳에서 파는 음식은 내 몸을 무겁게만 할 거라고 했다. 심지어 그녀는 식탁 한가운데에 놓아둘 오렌지색 거베라 한 다발도 사왔다. 그녀는 충실한 아내 노릇을 했고, 나는 그런 그녀를 말리지 않았다.

무더운 7월이었고, 우리가 에어컨을 설치하기 전이었다. 그래서 나는 속옷 차림으로 집안을 활보했는데, 그녀의 시선이 나를 따라다니고 나를 쳐다보길 좋아한다는 느낌을 받았다. 터무니없이 황당하게 들릴 수 있지만, 일주일 뒤에는 방마다 희미한 성적 긴장감이 감돌았다.

노라가 돌아왔을 때, 어느새 나는 그 이상한 친밀감에 익숙해져 있었다. 그녀는 속옷 차림으로 A 부인 앞에 나타난 나를 처음 보고는 침실로 따라오라고 하더니 바지를 입으라고 했다.

"이젠 바베트까지 질투하는 거야?" 나는 그녀를 놀리며 말했다. "특별한 의도가 있는 것 같지는 않아, 알잖아."

"그래도 여자는 여자야." 그녀는 매우 진지하게 대답했다. "그걸 잊지 마."

레나토가 불안하고 초조한 마음으로 A 부인이 자동차를 타고 경사로로 진입하는 모습을 지켜보던 창가는 2012년 2월에 그녀가 무심히 창밖을 바라보던 바로 그 자리였다. 그 해에는 대서양에서 발생한 이상기후가 이탈리아반도 북부에 머물렀고, 지난 십 년 동안 우리가 봐왔던 것보다 더 많은 눈이 한꺼번에 내렸다. 한낮에도 기온이 영상으로 오르지 않았고, 도로를 따라 단단한 얼음길이 나타났다. 그 위에서 넘어진 사람들은 손목과 발목, 엉치뼈가 부러졌다. 응급실이 붐비자 민방위본부에서는 되도록 집에 머물러 있으라고 권고했다. 그리고 A 부인은 그 말을 따르는 소수에 속하는 사람이었다.

그녀가 사는 건물의 세입자들 중 누구도 뜰에 쌓인 눈을 치우려 하지 않았다. 차라리 수고를 피해 길가에 주차하기를 선호했다. 눈을 치우는 사람은 오직 그녀뿐이었는데, 힘이 남아 있는 한, 그리고 밖으로 나갈 좋은 이유가 있는 한 그 일을 마다하지 않았다. 그리고 그 좋은 이유는 우리였다. 눈이 내리면 우리는 자고 가라고 설득했고, 에마누엘레의 방에는 접이식 간이침대가 있었다. 하지만 A 부인은 자신의 집으로 돌아가길 원했다. 어쩌면 레나토의 영혼이 저녁식사를 위해 그녀를 기다리고 있었기 때문일지도 모르겠다. 그녀는 자신의 소형차를 타고 루비아나까지 미끄러운 빙판길을 용감하게 달려갔다. "그분은 눈보라가 쳐도 우리집에 와." 노라는 매번 그녀의 헌신적인 모습에 놀라며 말했다.

"그런데 우리 엄마는 조금만 안개가 껴도 운전을 안 해. 내가 어렸을 때 안개가 끼면 절대 치과에 데려가지 않았어. 그래서 지금도 내 치아 상태가 엉망이지. 이상한 엄마야."

창가에 서 있는 A 부인의 모습을 누군가 바깥에서 언뜻 본다면 남자인지 여자인지 헷갈릴 것이다. 그녀의 여윈 몸은 여성으로서의 신체적 특징들을 지워버렸다. 맨머리에는 꼭 맞는 민트색 나이트캡을 쓰고—세번째 주기의 항암화학 요법 때 갑자기 머리카락이 모두 빠져버렸다—이젠 일상복이 되어버린 죄수복처럼 헐렁한 어두운색 스웨터와 바지를 입고 있다. 그 모습이 꼭 그렇다. 죄수. 지면에 부드럽게 쌓인 눈, 언제나 그녀를 매혹시킨 광경이 지금은 넘어갈 수 없는 성곽의 해자처럼 보인다.

기상 악화로 그녀는 십사 일째 연이어 아파트에 갇혀 지낸다. 줄리에타의 남편이 두 차례 장을 봐준다. 일반적인 장보기지만 그녀가 스스로 장을 봤다면 완전히 다른 것들을 사 왔을 것이다. 우리를 보살펴주는 사람들은 거의 대부분 우리가 좋아하는 방식으로 섬세하게 대해주지 못하지만, 그 것만으로 만족할 필요가 있다. 그들은 이미 할 만큼 한 거니까. 남자가 그녀에게 뻔한 질문을 던지는 동안 그의 부츠에서 눈덩이 몇 개가 떨어져나간다. 그러고는 현관 바닥에서 녹아내린다. 고인 물이 그대로 남아 있어도 그녀는 더이상 닦으려 하지 않는다.

타인의 방문이 이 정도로 제한되어 있다. 그녀의 은신처는 가닿기가 어렵다. 최악의 적인 암세포가 그녀에게 유일하게 남은 친구다. 며칠, 몇 주, 몇 달을 표시하는 진료 일정 외엔 더는 아무것도 중요하지 않다. 이제는 오후 내내 침대에서 텔레비전을 켜둔 채로, 한창때인 소녀들이 남자친구 이야기를 하는 화면 앞에서 꾸벅꾸벅 졸고 있다. 평생토록 한 남자에게 충실했던 A 부인에게 소녀들이 자신들의 이야기를 털어놓는다. A 부인은 그들을 나무라지도, 부러워하지도 않는다. 그 소녀들은 그저 새로운 종족일 뿐이다. 외계인들의 모험에 그녀는 무덤덤하다.

진실을 말하자면, PET와 두번째 CT 촬영 결과 암 치료는 완전히 실패했다. 암 종양은 지름이 3밀리미터가량 자랐는데, 필요한 곳을 제외한 모든 곳에 독이 퍼져 있는 것 같았다. 희생물이 된 머리카락들, 13킬로그램의 체중 감소, 오랜 시간 그녀를 괴롭혔던 역겨운 구토가 모두 소용없는 일이 되고 말았다. 처음부터 치료를 담당해왔던 암 전문의는 그 사실을 말하면서도 최소한의 안타까움조차 드러내지 않았다. 하지만 그건 그 사람이 지닌 성격의 단면일 뿐이었고, A 부인은 그 때문에 정말 괴로웠지만 그 성격을 존중할 줄 알았다. 그 의사는 군사 전략가처럼 게르만족의 냉정함을 가지고 있는데, 숱 많은 그녀의 적갈색 곱슬머리와 잘 어울린다. 의사는 환자에게 결과를 전할 때마다 감정적으로 동요할 수 없다. 그러지 않으면 삶과 죽음의 문턱을 오가는 삼십 명의 환자를 대하는 내내 원심분리기 속에 있는 기분일 것이다. "하지만 반대로 긍정적인 측면이 있어요." 의사가 덧붙였다. "현재로선 다른 전이가 보이지 않아요. 종양이……동결된 듯합니다."

노라도 의사와의 면담 자리에 있었다. A 부인과 동행하겠다고 고집을 부렸는데, 아마도 결과가 좋지 않으리란 예감이 들어서였던 것 같다. 나중에 의사가 바베트를 속이기 위해 날씨에 빗대어 어떤 은유를 들먹였는지 내게 털어놓을 작정이었다. A 부인이 눈물로 범벅이 된 얼굴을 매만지기 위해 화장실에 가 있는 동안, 노라가 의사에게 물었다. "시간이 얼마나 남았나요?"

의사는 그런 종류의 질문에 인내심의 한계를 드러내며 한숨을 내쉬었다. 왜냐하면 암 치료 과정에서는 항상 환자에게 남은 시간을 궁금해하고 치료의 의미를 무색케 하는 누군가가 등장하기 때문이다. 이 경우에는 노라가 그랬다.

"아마 육 개월 정도요."

그후의 일들을 보면 의사가 너무 가혹했고, A 부인의 비범한 성격도 고려하지 않은 걸 알 수 있다. 결과적으로 그녀의 생명력을 거의 오십 퍼센트는 과소평가한 셈이었다.

집에서 격리 생활을 한 지 보름째 되던 날, A 부인은 비명을 지를 만큼 손에 격렬한 통증을 느끼며 깨어난다. 그녀는 구급대에 전화한다. 같은 아파트의 주민들이 진입로에서 위태롭게 미끄러져 들어오는 구급차를 창문 너머로 지켜본다. 푸른색과 오렌지색 비상등이 눈 위를 비추고, 마침내 A 부인이 알루미늄 담요에 감싸인 채 구급차 뒷문으로 실려간다.

그날 아침 이후로 그녀는 자신의 하늘색 피아트 세이첸토에 다시는 올라타지 못한다. 그녀의 독립은 끝났다. 한 번의 항복만으로도 그녀는 더이상 용기가 남아 있지 않다는 것을 깨달았다. 이제는 삼륜 오토바이라 할지라도 탈것을 운전하고, 핸들과 페달, 변속기어를 동시에 다루며, 백

미러와 사이드미러를 쳐다보면서 지나가거나 반대방향에서 다가오는 다른 수많은 차를 살펴야 한다는 생각만으로도 두렵다. 조금 전까지만 해도 조화롭게 서로 연결되던 그 행동들이 전부 분열되어 허물어진 듯하다. 자동차는 겨우 내 멈춰 있고, 배터리는 내구력을 잃고 점점 방전되어간다. 사촌 여동생이―누구인지는 모르지만―조카에게 주거나 팔기 위해 차를 가지러 올 때까지 그런 모습이다.

A 부인은 병원을 오가는 교통편을 요청하기 위해 신청서를 작성한다. 그녀가 곧바로 받은 긍정적인 답변에는 '영구적 장애'라는 용어와 '중증'이라는 단어가 보인다. 그녀는 이 두 가지 표현을 두고 오랫동안 나한테까지도 불평을 늘어놓았다. 아직 그런 심각한 상황이 닥치지 않았기에, 그 말들은 훨씬 혹독한 공격이었다.

내 상담치료사에게 A 부인 이야기를 했던 것도 아마 그 무렵이었을 것이다. 그는 내 얘기를 들으면서 오른쪽 다리를 불안하게 떨었고 평소보다 담배를 더 많이 피웠다. 상담 시간 동안 그는 딱 한 마디를 했는데, 근거도 없고 경멸스럽게 들리는 말이었다. "암 이야기는 모두 똑같아요."

우리는 누군가의 죽음을 둘러싼 상황이 그 사람이 지내온 삶을 부분적으로 반영한다고 생각하는 게 타당한지를 놓고 논쟁을 벌였다. A 부인은 자신에게 일어나고 있는 일을 겪어 마땅한가? 적어도 그 불행을 자초한 부분은 없었는가? 왜냐하면 A 부인은 특히 그 점을 받아들이지 못하는 것처럼 보였기 때문이다. 그녀는 자신에게 나타난 암이라는 형벌이 너무나 불공평하다고 여기는 것 같았다.

내 할아버지는 냉정하고 인색해서 치매를 앓기 훨씬 전부터 누구에게도 애정을 주지 않았다. 툭하면 화를 내는 그 성격 때문에 나는 노인들과 노년에 대한 뿌리깊은 반감이 있었는데―차마 고백할 수 없는 거부감은 A 부인을 만날 즈음까지 계속되었다―그녀는 지독한 자기 헌신으로 나의 고질적인 반감을 깨뜨렸다. 아무튼 할아버지는 그랬다. 벚나무에 기대어져 있던 사다리에서 땅으로 떨어져 밤새도록 아무에게도 발견되지 못하고 비에 흠뻑 젖은 채 죽어갔다. 그것은 할아버지의 삶과 일치하는 결말이었다. 하지만 A 부인은 무슨 잘못을 속죄해야 했는가? 만약 죽음의 역학과 실패한 삶 사이의 상관관계를 찾는 게 타당하다면, 과연 나 자신은 어떤 결말을 기다릴 수 있을까?

평소에는 면담에 열정적으로 응하는 상담사가 내 말을 차갑게 가로막았다. "한 사람의 죽음과 다른 사람의 죽음 사이에는 큰 차이가 없어요." 그가 말했다. "거의 모두가 질식해서 숨을 거둡니다." 체구에 비해 조금 작은 의자에 앉아 있던 그는 다시 기운을 내려는 듯 몸을 똑바로 세우며 말했다. "이제 가사도우미 얘기는 그만하지요. 대신 아내분 얘기를 합시다."

"노라요? 왜요?"

허수아비

내 아내가 전화 통화를 잘하는 성향이 아니었다면, 또 매주 그녀가 친구들과 지인들에게 마땅한 만큼의 시간과 관심을 보이는 영웅적인 치밀함을 지니지 않았다면, 우리는 그해 봄부터 A 부인의 소식을 알기 힘들었을 것이다. 사실 노라와 그녀의 헌신적인 전화 통화가 없었다면, 지난 몇 년 동안 그 많은 일도 일어나지 않았을 것이다. 이를테면 우리 두 사람이 사랑에 빠지는 일도 없었을 것이다.

참을성 없는 소년이었던 나는 얼굴을 맞대고가 아니면 몇분 이상 대화를 이어가지 못했다. 나는 말수가 적고 무심한 성격이었고, 내 앞에는 늘 내 관심을 요구하는 뭔가가 있었다. 주로 메모가 적힌 종이였다. 거의 같은 방식으로 프로그래밍된 내 친구들은 나를 잘 알아서, 우리는 주로 간단한 문자메시지나 비용이 들지 않는 몇 줄짜리 메일로 소통하곤 했다. 스무 살 때 나를 좋아하고 또 나도 마음에 들어했던 학과 여학생에게 무례했다는 불미스러운 평판을 얻었다. 그녀는 매일 오후 내게 전화를 걸었는데, 특별한 이유 없이 그저 이야기를 나누고 싶어서라고 했다. 어느 날 나는 그녀에게 더이상 전화하지 말라고 말할 용기가 생겼다. 그녀와 달리 나는 집중해야 할 더 중요한 일들이 있기 때문이라는 핑계로 말이다. 학교에서 만나거나 따로 데이트를 하는 게 더 낫지 않았을까? 다음날 아침 휴식시간까지 내게 말하고픈 흥미로운 이야기를 참고 기다려줄 수는 없었을까?

노라는 이 모든 제약을 풀어버리는 데 성공했다. 그녀와 통화한 시간은 곧바로 내게 의혹을 불러일으켰는데—두렵고 혼란스러웠다—예전에는 경험하지 못한 일이 일어나고 있다는 의혹이었다. 내게, 그녀에게, 우리 두 사람 모두에게 말이다. 내가 어디 있든지 누구와 있든지 상관없이, 나는 다른 사람들에게 지켜야 할 예절과 의무에서 벗어나지 않으면서도 그녀와 대화할 시간적 여유를 찾아내곤 했다. 매번 통화가 끝날 때면 나는 화면에 뜬 통화 시간을 확인했다. 아무런 후회도 느껴지지 않고, 오히려 다시 전화를 걸고 싶은 욕망에 스스로 놀라곤 했다. 나는 당시 내 모습에 관한 기억을 여럿 가지고 있다. 특히 노라의 말을 들을 때와 그녀가 말을 멈출 때, 나는 내 발을 쳐다보면서 원을 그리듯 걷는다. 그러는 동안 수화기에 닿은 내 귓불엔 열이 오르고, 손바닥에는 살짝 땀이 배기 시작한다. 그녀는 자신을 알기 전의 내 모습이 어땠는지를 두고 여전히 나를 놀리는데, 앞으로도 절대 멈추지 않으리란 생각이 든다. "내가 당신을 어디서 찾아냈는지 생각하면," 그녀가 말한다. "엄청나게 경직돼서 겁에 질린 모습으로 당신의 쿼크quark와 함께 그 동굴 안에 숨어 있었지." 내게는 사랑에 빠지는 것이 숨어 있던 곳에서 밖으로 꺼내지는 것과 비슷한 무언가로 항상 남아 있을 것 같다.

5월에 노라는 밝고 활기찬 목소리로(때론 내가 화를 내거나 낮춰달라고 부탁할 정도로 목소리가 너무 높다) 내게 그랬듯이 소크라테스의 산파술을 활용해, 비사교적이고 의기소침해진 A 부인을 과거에 했던 시시콜콜한 대화로 끌어들인다. 암의 다른 모든 단계처럼 완화 주기가 제때 도착했다. 항암화학요법에 따른 독성과 연관된 증상을 포함한 모든 증상이 마법처럼 사라지면서, 그녀는 몸 밖에 존재하는 세상에 대한 관심이 되살아났다. 그래서 다시 별자리 운세와 그녀의 지혜가 압축된 단호하면서 간결한 문장들, 이제 막 제철을 맞아 시장 진열대를 가득 채우기 시작한 애호박을 가장 맛있게 요리할 수 있는 비법에 관한 긴 사설이 시작됐다(정말 그랬다. 그녀의 식욕도 되살아났다. 너무도 기쁜 일 아닌가!). 마침내 우리가 알고 사랑하는 여인, 모두가 의지하는 반석이지만 누구에게도 기대지 못하는 바베트가 돌아온 것이다.

나는 이따금 졸면서 A 부인과 통화하는 노라의 목소리를 듣는다. 그 토요일 아침, 열시가 넘었지만 우리는 여전히 침대에서 미적거리고 있다. 에마누엘레는 우리의 관심을 끌기 위해 자기 방에서 필요 이상으로 소란을 피운다. 휴식으로 우리는 차분하고 너그러운 마음을 가지게 되어 연민을 느낄 수 있는 상태가 되었다. A 부인은 노라에게 암 증상이 완화됐다는 소식과 함께, 머리카락이 예상보다 빨리 자라고 있고, 전보다 약간 듬성듬성하긴 하지만 놀랍게도 더욱 짙은 색으로, 심지어 일부는 갈색으로 자라고 있다고 전한다. 그 사이 나는 그녀가 되찾은 천국이 전형적인 단계이자 덧없이 짧고 조금은 가학적인 일시적 위로라는 사실을 그녀가 아는지 궁금하다. 그것이 바로 마지막 심연에 이르는 통로라는 사실을 말이다.

대화가 끝나갈 무렵에야 그녀는 본심을 내보인다. 한껏 들뜬 노라가 이제 기운이 돌아와 다시 텃밭을 돌볼 준비가 된 기분이냐고 물었을 때다.

"아뇨. 텃밭은 안 되죠." A 부인이 갑자기 한발 물러선다. "그 일을 하기엔 내가 너무 약해요."

잠시 후 그들은 전화를 끊는다. 불안의 씁쓸한 여운을 입안에 머금은 채.

그럼에도 불구하고 A 부인이 오랫동안 갖춰온 분별력은 건강과 행복의 마지막 시기를 결코 끝나지 않을 것처럼 살라고 명한다. 다행히 병세가 호전되었던 두어 달 사이에 에마누엘레의 공연 일정이 잡힌다. 아이는 〈오즈의 마법사〉에서 조금 어설픈 허수아비 역할을 맡아 연기하게 되었다. 에마누엘레보다 노라가 더 그 역할에 자부심을 가졌는데, 아마 아이는 당당하고 붉은 갈기를 지닌 사자 역할을 더 좋아했을 것이다.

우리는 A 부인에게 의상 제작을 맡긴다. 그녀는 여전히 감탄할 만한 솜씨를 가졌고, 침 묻힌 실로 바늘구멍을 찾을 때 그녀의 손목은 주저함이나 떨림 없이 탄탄하다. 오후 나절을 들여 작업한 결과물은 감탄이 나올 만큼 대단하다. 찢어진 작업복 바지에 헝겊조각을 덧대어 꿰맸고, 내 셔츠 하나를 재킷으로 변신시켰다. 부츠 한 켤레는 사야 했는데, A 부인은 그게 지푸라기처럼 보이도록 노란 털실로 장식했다. 의상을 차려입은 에마누엘레는 장난꾸러기 요정처럼 허리에 두 손을 얹고 그녀 주위를 깡충깡충 뛰어다닌다. 몇 분 동안 둘은 다시 서로에게 빠져든다. 우리 아들이 자신의 유년의 아름다움에 사로잡힌 사랑하는 보모를 위해 개인적으로 선보이는 마지막 공연이 될 것이다. 나는 사진 찍을 수 있는 아무 장치나 손에 들고 싶은 유혹을 느낀다. 하지만 그 순간의 균형이 깨지기 쉽다는 걸 알고, 그것을 깨뜨리고 싶지 않다.

사실 그 공연은 가정에서 펼쳐졌던 전주곡과는 매우 다른 분위기로 흘러간다. 예상치 않게 노라의 가족이 전부 참석하면서 공연을 기다리는 대기장소에서 감정적인 소동이 발생한다. 에마누엘레의 외조부모는 축제 전야제에 참석한 것 같은 옷차림이다—노라의 어머니는 화려한 이브닝드레스를 입었고, 장모의 전남편과 현 남편은 신기하게도 비슷한 오늬무늬 재킷을 입고 있다—이제 그들은 하나같이 초등학교의 휑한 로비에서 청바지와 반팔 티셔츠 차림인 수십 명의 부모 틈에 있는 것이 불만스러워 보인다. 나와 노라에게 뭔가를 기대하는 눈치다. 자신들의 의상에 어울리는 소파 자리에 앉게 해주기를, 마실 것을 가져다준다거나 최소한 그들의 무료함을 달래줄 방법을 생각해내길 바라고 있다.

이후 연극 공연이 열리는 체육관은 부모와 친척들로 혼잡한 관중을 수용하기에 너무 비좁다는 사실이 밝혀진다. 두 번째 남편인 안토니오는 삼각대와 새하얀 반사판을 갖춘 사진 장비로 모두를 놀라게 하리라 작심한 터였지만, 지금은 한 남자와 열띤 논쟁을 벌이고 있다. 그 남자는 사진 프레임에 자신이 들어간다고 주장하더니, 결국에는 반사판으로 무얼 할 거냐며 무례하게 따진다. 키가 작은 A 부인은 벽처럼 앞을 가로막는 사람들의 등과 재킷에 시야가 가린다. 그녀 역시 우리에게 실망한 눈길을 보낸다. 하지만 우리 자신도 바닥과 높이 차이가 전혀 없는 무대를 겨우 보고 있는 탓에 그녀를 어떻게 도와야 할지 난감하다. 탁하고 더운 공기 속에 일어선 채로 공연을 기다리던 그녀는 어지러움을 느낀다. 한 여자가 그녀를 붙잡고 종이로 부채질을 해준다. 공연이 끝나기 전, 그녀의 양손자가 무대에 등장하기도 전에 A 부인은 관중을 헤치며 나가 자리를 뜬다.

에마누엘레는 무대 밖으로 나오면서 곧바로 그녀에 대해 묻는다.

"바베트 어디 있어요?"

"몸이 안 좋아지셨어. 하지만 연극은 다 보셨고, 네가 아주 잘했다고 하셨어."

아이는 어깨를 늘어뜨리고는 낙담한 표정을 짓는다. 나는 아이가 아직도 연기를 하고 있는 건지, 아니면 정말로 마음 한구석이 허전한 건지 궁금하다.

할머니와 할아버지들의 과장스러운 칭찬도 아이의 기분을 돋우는 데는 아무런 소용이 없다. 에마누엘레는 체육관의 줄무늬 리놀륨 무대에서 특별히 A 부인과 우리를 위해 공연했지만, 아이의 행복감은 아이가 바라던 행복의 삼분의 이에도 미치지 못한다. 왜냐하면 바베트의 부재가 부모인 우리의 참석보다 더 중요하기 때문이다.

우리는 서둘러 작별을 고하고 집까지 걸어간다. 우리 셋,

그러니까 두 부모와 슬픔에 잠긴 작은 허수아비 하나가 걷는다. 아이는 문 앞에 다다를 때까지 우리 손을 놓지 않는다. 마치 사람들이 멀어지고, 또 사람들이 영원히 떠나가는 걸 이해했다고 말하는 것 같다. 하지만 우리는 안 된다고, 최소한 자기가 그렇게 우리를 하나로 모으는 동안은 이별을 허락하지 않을 거라고 말하는 듯하다.

연통관

모든 아이는 뛰어난 지진계이기도 하다. 에마누엘레는 우리보다 먼저 그 사실을 알아챘다. 다가올 충격파를 감지했고, 그 때문에 공연이 있던 날 저녁 우리의 손을 잡았다. A 부인이 떠나간 이후로 우리 삶에는 땅속에서 일어나는 지진이 있었고, 지하수위와 지하수면이 조용히 낮아졌다. 여름 동안 우리는 이 동요의 진원지가 노라의 자궁에 있음을 깨달았다.

어느 날 아침, 외출복 차림을 한 그녀가 생리가 두 주째 늦어지고 있다고 알렸다. 내가 보기엔 그런 식으로 서서 급하게 서두르며, 자동차 열쇠를 손에 쥔 채 덤덤한 목소리로 전할 소식은 아닌 것 같았다.

"테스트해봤어?" 나는 무슨 일이 있어도 당황스러움보다 나은 반응을 취하기 위해 시간을 끌며 물었다.

"아니. 그전에 어떻게 할지부터 정하면 좋겠어."

"어떻게 하다니?"

노라는 내가 커피를 마시다 만 식탁에 앉았다. 내게로 몸을 기울이지도, 자신이 내뱉은 말에 감정적으로 흥분하지도 않았다. 외워둔 말을 떠올리듯이 술술 얘기했다.

"지금 의논하는 게 좋겠어. 난 준비가 안 된 것 같아. 기운이 부족해. 내 일도 대충 해치우는데다 에마누엘레도 겨우 돌보고 있어. 도와줄 사람도 없고, 당신은 항상 학교에 있잖아. 돈도 부족해질 테고, 솔직히 말하면⋯⋯" 그녀는 마지막 말이 예상치 못하게 입 밖으로 나온 듯이 멈칫했다.

"솔직히 말하면?"

"우리 둘 사이도 아주 좋은 건 아니잖아."

나는 아침식사가 남아 있는 식탁 매트를 멀리 밀었다. 그 소식에 내 기분이 어떤지 곰곰이 따져볼 시간이 부족했다. 하지만 중요한 건 그게 아니었다. 그녀의 결정에 발언권을 가질 수 있는 실제 가능성에서 내가 얼마나 쉽게 배제되어

왔는지가 중요하다. 그리고 갑자기 노라가 우리의 삶은 결국 둘로 나뉜 별개의 삶이라고 주장하는 점이 중요하다. 나는 침착해 보이려고 애썼다. "노라, 보통은 첫아이를 낳을지 말지 고민해. 둘째 때가 아니라. 우리는 젊고 건강해. 그런데 그럴 이유가 뭐가 있어?"

그녀는 잠시 생각에 잠겼다. "우리는 겁이 많아. 지나치게 많지. 나는 그래."

"내가 보기에 당신은 이미 결정을 내린 것 같은데. 왜 나한테 이 얘기를 하는지 도무지 모르겠어." 내가 말했다. 그리고 그 말은 분노로 가득찬 빈정거림으로 들렸다.

그녀는 나를 쳐다보지도 않고 고개를 끄덕이고는 자리에서 일어나 나갔다. 내 시선을 피해 얼굴을 돌린 채였다. 이제야 드는 확신인데, 그때 그녀는 인내심이 바닥났고, 울고 있었다.

아, 만약 A 부인이 그후 몇 주 사이의 우리를 봤다면 어땠을까! 얼마나 안타까워했을까. 에마누엘레가 세 살 가까이 되었을 때, 그녀는 우리에게 에마누엘레의 여동생을 만들어 주라는 개인적인 주장을 펼쳤다(남자아이일 가능성은 전혀 염두에 두지 않았다). 별로 중요하지 않은 교육학적 의견들을 바탕으로 그녀는 또다른 아이의 탄생을 계획하기에 알맞은 때가 있다고 생각했다. "방이 있잖아요." 그녀는 마치 그것이 주된 장애물인 것처럼 말했다.

우리는 그녀를 놀렸다. "한 명이면 충분하지 않나요, 바베트? 혹시 누가 알아요, 금방이라도 생길지." 그런 식으로 그녀를 실망시키면서 아이 얘기를 유보했다. 하지만 막상 현실로 마주하고도 노라가 뒤로 물러날 생각을 하리라고는 그녀 역시 예상하지 못했을 것이다.

하지만 A 부인은 그 어느 때보다 우리에게서 멀리 있었다. 병세가 악화된 후로, 그녀는 7월 중순 즈음 사촌 마르첼라의 집으로 이사했다. 그곳에서 자신의 침대가 아닌 더블베드의 오른편에 누워 지내며 삶의 마지막 다섯 달을 살았다. 암은 또 전이됐고, 그녀의 뇌까지 장악했다. 전화 통화도 어려워졌는데—목소리가 더이상 나오지 않았다—그녀와 통화하려면 마르첼라라는 외부의 필터를 거쳐야 했고, 그녀를 보기 위해서는 허락을 구한 후에 만나는 동안에도 내내 감시를 받아야 했다.

노라는 인정하려 하지 않았고 나중에도 인정하지 않았을

테지만, 두번째 임신기간을 침대에서 보낼지도 모른다는 가능성을 두려워하며 공포에 떨고 있었다. 에마누엘레를 위해 꼼짝도 못하고 지낸 몇 달은 내가 헤아릴 수 있었던 것보다 더 심각한 상처를 그녀에게 남겼고, 이제 A 부인도 곁에 없을 것이었다. 그해 여름 내가 깨달은 것처럼, 어찌할 바를 모르고 그다지 신뢰도 가지 않는 남편만 있을 상황이었다. 그날부터 우리는 오랫동안 감춰온 분노와 원망을 서로에게 터뜨렸고, 그런 감정들은 점점 더 고통스럽고 참을 수 없는 것으로 변해갔다.

노라의 늦어진 생리는 결국 거짓 경보로 밝혀졌다. 하지만 그 시점에서는 그게 더이상 중요하지 않았다. 우리는 이미 그 영향 아래에 있었다. 겉보기에 우리의 결혼생활은 변함이 없었고 약속들로 지탱되고 있었지만 몹시 지쳐가고 있었다. 나는 이제껏 침울하거나 걱정에 잠기거나 화가 난 노라를 보았지만 그녀에게서는 결코 무기력하거나 무관심한 모습은 한 번도 본 적이 없었다. 그녀에게 활발함이라는 매개체가 사라지고 나니 세상은 내가 그녀를 만나기 전의 차가운 껍데기로 되돌아갔다. 심지어 에마누엘레마저 가끔은 낯

설었다.

"오늘 저녁은 생선가게에서 먹어도 돼. 얘기도 좀 하고."

"당신 좋을 대로. 근데 난 배가 별로 안 고파."

"그래도 가자."

우리는 낯선 사람들처럼 저녁을 먹으며 앉아 있었다. 우리가 서로에게 매혹되었을 때 안타까워하던 이야깃거리 없는 커플들과 다르지 않은 모습이었다.

"무슨 일 있어?"

"아무것도 아냐"

"당신 슬퍼 보여."

"슬픈 게 아니라, 그냥 생각하고 있어."

"무슨 생각?"

"정말 아무것도 아냐!"

"무섭게 왜 그래. 일부러 그러는 거야?"

우리는 그런 상황에 익숙하지 않았기 때문에 오로지 침묵을 깨기 위해 서로를 자극했다. 아무것도 우리를 구할 수 없는 것 같았다. 우리가 얼마나 어리석게 행동했는지를 생각해 보면, 인류 역사상 최초의 부부 위기라고 느껴질 정도였다.

젊은 커플 역시 불안과 반복되는 일상, 그리고 고독으로 병들 수 있다. 전이는 보이지 않게 진행되고, 빠르게 침대에까지 퍼진다. A 부인이 신체의 기본적인 기능을 하나씩 잃어가던 열한 주의 시간 동안 노라와 나는 서로 손끝이 스치지도 다가가지도 않았다. 안전거리를 두고 누워 있는 우리의 몸은 정복할 수 없는 대리석 조각 같았다.

살짝 잠이 들면서, 나는 내 몸이 그녀를 위해 있었듯 그녀의 몸이 나를 위해 있었던 시절에 대한 생각으로 괴로웠다. 허락을 구하지 않고 그녀의 몸 어디나, 목과 가슴, 척추의 오목한 곡선, 엉덩이 골을 따라 애무할 수 있었던 순간, 그리고 그녀를 성가시게 할 거란 걱정 없이 탄력 있는 부위 어디든 손가락을 밀어넣을 수 있었고, 선잠이 든 그녀가 본능적인 떨림으로 내게 관심을 돌려줬던 순간들이 떠올랐다. 우리 둘 중 누구도 섹스를 거부하지 않았다. 적절한 기회와 기운이 부족해 오랫동안 잊고 지내기도 했지만, 일부러 막지는 않았다. 상황이 어떻게 흘러가든지 간에, 우리는 우리의 방에 우리를 기다리는 더럽혀지지 않은 공간이, 은밀한 포옹과 애무의 피신처가 있다는 걸 알았다.

만약 우리 관계에 자리 잡은 암이 뇌까지 공격하려고 했다면, 당시는 성공한 셈이었다. 아내와 불과 몇 센티미터 떨어져 있을 뿐인데 나는 더이상 그녀에게 다가갈 방법을 알지 못했다. 그 무렵의 낮과 밤에 대한 내 기억은 최근의 기억인 데도 어렴풋하고 모순적이며, 노라가 세상 사람 모두와 함께 나를 배신하고 있다는 잔혹한 환상과 원한으로 가득하다.

갈레노스는 인간의 기질이 물감처럼 서로 혼합될 수 있는지, 아니면 기름과 물처럼 분리된 상태로 공존하는지를 분명히 밝히지 않았다. 만약 간에서 생성되는 노란색 담즙이 붉은색 피와 결합된다면 새로운 오렌지색 기질이 탄생하는지, 기질의 접촉이나 발산, 또는 순수한 감정을 통해 마치 두 개의 연통관*에서 일어나는 현상처럼 개인 간의 기질 교환이 가능한지도 설명해주지 않는다. 오랫동안 나는 그렇다고 믿었다. 노라의 은 기질과 나의 흑 기질이 천천히 섞여들고 있다고 확신했다. 그래서 고대 베르베르인들의 보석과 비슷한 색깔을 띤, 광택 나는 금속성 액체가 마침내 우리 둘 모두에게 흘러들 거라고 확신했다(우연치 않게도, 그녀에게 내가 처음으로 선물한 팔찌도 고대 보석처럼 기하학적인 무

---

* 모양은 다르나 높이가 같은 관의 아랫부분을 연결해 액체가 자유롭게 이동할 수 있게 만든 관. 액체의 밀도를 측정하기 위해 사용된다.

늬가 새겨진 종류였을 것이다). 그후 우리는 A 부인의 빛나는 림프가 우리의 기질에 또다른 명암을 더해주고, 그 기질의 상대밀도를 높여줘 우리가 더욱 강해지리라고 믿었다.

하지만 내 생각은 틀렸다. 우리는 잘못 생각하고 있었다. 생명은 이따금 깔때기처럼 좁아지기도 하고, 기질의 초기 유화액 상태에서 여러 층이 생성되기도 한다. 노라의 활기와 나의 우울, A 부인의 점성적 안정감과 내 아내의 별난 어수선함, 내가 여러 해 동안 전념해온 명쾌한 수학적 논리와 바베트의 투박하면서도 직관적인 사고방식, 그 모든 요소는 우리의 부지런한 노력과 애정에도 불구하고 서로 분리되어 있었다. 눈에 모든 것이 확연히 보일 때까지 끊임없이 증식했던 A 부인의 암은 다루기 어려운 미세한 세포 덩어리에 불과했지만, 우리가 서로 분리된 개별적 존재라는 사실을 강조했다. 우리는 우리의 희망에도 불구하고 서로에게 녹아들 수 없었다.

천국의 새 Ⅱ

에필로그가 시작 부분에 적힌 이야기들이 있다. A 부인을 포함한 누군가는 잠깐이라도 그동안의 일들이 실제와 다르게 전개될 수 있다고 생각하지 않았을까? 누군가는 그녀에 관해 '치유'라는 단어를 언급하지 않았을까? 아니다, 결코 그렇지 않았다. 우리가 했던 말은 고작해야 "괜찮아질 거예요"였지만, 우리마저 그 말을 믿지 않았다. 그녀의 죽음은 첫번째 흉부 엑스레이 판에 찍힌 폐의 그림자 안에 고스란히 담겨 있었다. "암 이야기는 모두 똑같아요." 어쩌면 그럴지도 모르겠다. 그렇다고 해서 그녀의 독특하고 이야기될 만한 가치가 있는 삶을 부정하는 건 아니다. 그녀의 삶은 마지막 순간까지 희망을 품을 만했다. 어쩌면 운명이 예외를 두어, 그녀가 많은 이에게 베풀었던 호의에 맞먹는 특별한 대우를 해줄지 모른다는 희망이었다.

여름 이후로 우리 사이에 있었던 일들로 노라와 나는 어느 누구에 대한 생각도 하지 못했다. 11월 말의 어느 날, A 부인의 어느 사촌이 우리에게 전화했다. "당신들을 보고 싶어해요. 오래 못 버틸 것 같아요."

우리는 에마누엘레를 데리고 갈지를 놓고 논쟁을 벌였다. 나는 데려가야 한다고 말하면서, 아이에게 고통스러운 광경을 못 보게 하는 건 아무런 의미가 없다고 주장했다. 게다가 아이는 그런 상황을 감당할 만큼 충분히 컸다고 말했다. 하지만 노라는 죽어가는 A 부인의 모습이 아들의 다른 모든 기억을 지우게 될까봐 반대했다.

그녀가 옳았다. 이상한 침대에서 이불을 여러 겹 덮고 있는 바베트에게는 야위고 생기 없는 형체만 남아 있었다. 그 방에는 달큰한 약냄새와 뭐라 설명할 수 없는 또다른 냄새가 배어 있었다. 어설픈 키스를 흉내내듯 뺨을 스치려 고개를 숙였을 때, 그녀의 입술에서 휘발성의 냄새가 올라오는 것을 느꼈다. 마치 그녀의 몸 내부에서부터 기관들이 차례로 죽어가기 시작한 것 같은 냄새였다. 방안에는 어딘가 지상 저편의 빛 같은 기이한 빛이 어른거렸다. 어쩌면 침대 시트와 반투명 커튼, 가구의 손잡이와 놋쇠 가재도구들 같은 방안의 장식적인 요소들 때문이었는지 모르겠다.

노라는 침대 가장자리에 앉자마자 눈물을 터뜨렸다. 구년 만에 나는 그녀들의 역할이 서로 뒤바뀐 장면을 보았다. 이제는 A 부인이 누워 있고, 아내가 그녀의 머리맡에 있었다. 노라는 그녀의 앙상한 손목에 팔찌를 채워주려고 했다. 다음 여행에 우리의 표식을 지니고 가도록 그녀를 위해 산 팔찌였다. 하지만 노라의 손가락이 떨려서 계속 고리를 놓쳤다. 이 반대의 상황에서도 위로하는 쪽은 A 부인이었다. "노라, 울지 마요." 그녀가 말했다. "울지 마요. 짧은 시간이지만 우리는 좋은 친구였으니까."

나는 방문을 닫고 밖으로 나왔다. 노라의 눈물이 내 안의 뭔가를 녹였고, 결코 사라지지 않고 남아 있던 애정을 다시 드러냈다. 그 비극적 순간에 나는 어울리지 않는 안도감을 느꼈다. 우리는 A 부인이 제일 좋아하는 하얀 튤립을 사 갔다. 선물을 한아름 들고 나타나는 것이 그 상황에 대처하는 효과적인 방어책처럼 느껴졌기 때문이다. 마르첼라는 꽃병을 찾았고, 나는 꽃의 줄기를 자른 다음 꽃병에 꽂는 일을 맡았다. 그러면서 A 부인의 사촌이 방으로 돌아가지 못하게 대화를 이어가려고 노력했다. 그녀가 방으로 돌아가 상황을 살펴보고 싶어하는 것을 알아차렸고, 혹시라도 아내에게 부적절한 속내를 털어놓을까봐 염려스러웠다. 나는 노라가 A 부인과 마땅히 누려야 할 시간을 오롯이 둘이 보낼 수 있게 해주고 싶었다.

나는 침실로 돌아와 침대 머리맡에 꽃병을 놓았다. 어디선가 본 적 있는 레나토의 사진이 있었는데, 겨울에 산레모 해변에서 찍은 것이었다. 어쩌면 그가 그녀를 기다리고 있다는 생각만으로 A 부인은 새로운 힘을 얻었는지 모른다. 뼈와 살, 그리고 목소리로도 표현할 필요가 없는 힘이었을 것이다(그랬다. 그녀의 목소리는 갑자기 변해버렸고, 한 옥타브를 잃었다. 밖으로 나오는 소리는 뭔가에 부딪혀 긁히는 소리였다).

"그럼 몸조심해요." 내가 그녀에게 말했다.

그녀가 내게 미소 지었다. 더는 아무렇지 않은 척할 필요가 없었다. 죽음이 벌써 그곳에, 우리와 함께, 침대의 비어 있는 절반을 차지하고 있었다. 그 자리에서 조용히 기다리고 있었다.

A 부인은 여전히 노라의 손을 잡고 있었다. 아니면 그 반대였는지도.

"노라를 잘 돌봐줘요." 그녀가 내게 당부했다.

"물론이죠. 언제나 그럴게요." 나는 약속했다.

노라가 내게로 살짝 고개를 돌렸는데, 마치 이렇게 말하는 것 같았다. '얼마나 쉬운지 알겠어? 왜 진작 그렇게 하지 못했을까?' 나는 다가가서 그녀의 관자놀이에 키스했다.

"편히 쉬시게 이만 갈게요." 나는 A 부인에게 말했다. 하지만 그녀는 이미 반쯤 잠든 상태였다. 그 몇 분 동안 깨어 있을 힘이 어디서 나왔는지 모르겠다. 그녀는 오로지 노라와 내가 서로를 계속 돌보겠다는 맹세를 확인하기 위해 진통제와 신경안정제에 맞서 싸웠던 것이다.

우리는 그녀가 깊이 잠드는 것을 지켜보았다. 방을 나오면서 나는 창문 쪽을 잠시 쳐다보았다. 레이스 커튼과 이중창 너머 창턱에 앉아 있는 이국적인 새를 보았더라도 놀라지 않았을 것이다. 노랗고 푸른 깃털과 하얗고 긴 솜털 꼬리, 그리고 우리 모두를 바라보는 검고 진지하며 동정심 가득한 눈동자를 가진 새를 말이다.

며칠 후, 노라는 밤을 굽기 위해 구멍 뚫린 프라이팬을 샀다. 금속 재질에 윤이 나는 새것으로, A 부인의 찌그러지고 녹슨 프라이팬과는 아주 달랐다. 매년 가을이면 바베트는 밤을 구웠다. 자기 집 뒤편에 있는 숲에 가서 밤송이에 든 밤을 주웠다. 그런 다음 밤을 구워주려고 우리집에 가져왔다. 나는 그녀를 도와 밤을 하나씩 깠고, 그날 저녁 밤과 꿀을 넣은 달콤한 우유로 식사를 했다.

"아주머니가 해준 것처럼 맛있지는 않을 거야." 노라가 말한다. "슈퍼마켓에서 샀거든. 그래도 시도해보자."

밤의 노란 속살을 조금 미심쩍게 바라보는 사이, 그녀가 포도주를 따라달라고 청한다. "에마누엘레의 학교를 옮기면 어떨까 생각해봤어."

"아, 그래?"

"내년에. 학교에선 우리 애의 가치를 충분히 끌어내주지 못하잖아. 이해하지를 못해. 바베트는 항상 그렇게 말했었어. 게다가 어린애 앞에서 공책을 찢는 건 옳지 않아."

"선생님들은 공책을 찢어. 항상 그래왔어."

"요즘은 아니야. 요즘은 아무도 그렇게 안 해." 그녀는 말을 멈추고 술을 한 모금 들이켜고는 내게 잔을 건넨다. "그리고 또 생각해봤어. 만약 당신이 학교에서 재계약되지 않아도 그렇게 심각한 문제는 아닐 거란 생각이 들었어."

"나는 그럴까봐 겁나는데."

"우리가 다른 곳으로 떠날 좋은 기회가 될 수 있을지도 몰라. 한번 시도해보자. 당신이 여기서 잘 지내지 못하고, 또 더 좋은 기회들이 있다고 믿는다면, 그렇게 해보면 돼. 나는 외부에서도 프로젝트를 수행할 수 있을 거야. 만약 잘 안 돼도 하는 수 없고. 군밤 전문가가 되지 뭐." 그녀가 내 허리에 한 손을 얹는다. "당신 생각은 어때?"

"모르겠어. 한꺼번에 새로운 얘기들이 너무 많이 나온 것 같아."

"아냐. 여길 봐. 밤은 다 된 것 같아?"

어느 날 밤, 병중에 있던 A 부인은 남편 레나토가 나오는 꿈을 꿨다. 잠든 동안 그가 꿈에 찾아온 일은 거의 없었다. 그런데 그날 꿈에서는 그가 언제나처럼 우아하지만 머리에 어울리지 않는 펠트 모자를 눌러쓴 채 그녀 앞에 서 있었다. 생전에 그는 두피가 가려워져서 어떤 종류의 모자도 견디질 못했다. 그는 큼지막한 외투에 두 손을 넣고서 그녀에게 부드러운 목소리로 자기를 따라오라며 초대했다. "어서 와. 때가 됐어."

A 부인은 그가 주머니에 뭔가 위험한 것을 숨기고 있을까 봐 두려웠다. 그래서 그에게 두 손바닥을 보여달라고 요구했다. 그는 그녀의 말을 무시하며 다시 반복했다. "가자. 늦었어."

"싫어. 아직 아니야. 가버려!"

A 부인은 뒷걸음쳤다. 레나토는 침통한 표정으로 고개를 떨구었다. 그는 돌아섰고, 어둠이 그를 머리부터 발끝까지 통째로 삼켜버렸다.

그날 밤, 바베트는 남편을 사랑하면서도 그를 쫓아냈다. 삶에 대한 그녀의 특별한 애착에 어울리는 징후다.

같은 시기에 나 역시 어떤 꿈을 꿨다. 꿈속에서 나는 인적이 끊긴 지하 주차장에 있었다. 그리고 아스팔트 한가운데 갈라진 틈새로 관목 한 그루가 자라고 있었다. 가까이 가서 보니, 그 관목은 사실 나뭇잎들이 위풍당당하게 자라난 어떤 나무의 꼭대기였다. 나무의 몸통은 수미터 아래로 이어졌다. 밑동을 알아볼 수 없을 정도로 그 끝이 너무나 멀었다. 잠에서 깨어났을 때 나는 그 이미지를 A 부인과 연결시켰다. 하지만 불행히도 그 말을 그녀에게 전할 기회를 단 한 번도 갖지 못했다.

그녀는 벽의 틈새나 보도의 가장자리를 따라 뿌리를 내리는 관목류, 단 몇 센티미터 정도의 틈만 있어도 얼마든지 타고 올라가 건물의 전면을 뒤덮어버리는 덩굴식물에 속했다. A 부인은 잡초였지만 가장 고귀한 잡초였다. 그녀가 생애 마지막 몇 달 동안 저질렀던 실수들—죽음이 다가오기 전부터 자포자기했던 것, 자신이 떠난 뒤에 영원히 이어질 미래인 후손을 남기지 않은 것, 망연자실—은 어쩌면 불가피했을 것이다. 그처럼 넘치는 삶의 열정을 지닌 사람에게는 죽음을 생각할 여지가 없다. 나는 그 열정을 그녀에게서 보았고, 매일 노라에게서도 보고 있다. 죽음에 대한 생각은 손에 쥔 것을 포기할 수 있는 사람, 적어도 한 번은 그렇게 해 본 사람만을 위한 것이다. 죽음은 생각이라기보다는 기억에 더 가까울지 모른다.

어쨌든 그녀가 예견한 것이 하나 있다. A 부인은 남편의 무덤 옆자리를 마련해놓았다. 아마 검은색 손가방을 들고 마을 공동묘지까지 걸어갔던 어느 날 오후였을 것이다. 그녀는 그 가방에서 자신을 맞아들일 묘지 비용을 치를 돈을 꺼냈다. 암에 걸리기 전이었는지 아니면 그후였는지는 모르겠지만, 그때 그녀의 용기를 북돋워준 것은 역시 죽음의 회초리가 아니라 레나토를 향한 사랑이었다는 것을 나는 확실히 알고 있다. 남편과 또다시 영원히 떨어지는 건 참을 수 없었을 것이다.

"우리도 생각해봐야 할 거야." 묘지 문을 지나며 나는 노라에게 말했다. 농담인 척했지만 진심이었다.

"당신은 항상 화장을 원한다고 했잖아."

"내 생각이 바뀌었나봐."

그녀는 장난스럽게 입술을 삐쭉거렸다. 그 오랜 사후의 시간 내내 나를 자기 곁에 둘 것인지 생각해보겠다고 말하는 것 같았다. 잠시 후 그녀는 난처한 듯이 주위를 둘러보았다. "어떻게 찾지?"

장례식 날 장지 행렬을 따라가지 않았기 때문에 우리는 A 부인이 어디 묻혔는지 몰랐다. 그녀의 한 사촌이 노라에게 대략적인 위치를 알려줬지만 그녀의 미미한 방향감각 탓에 완전히 무용지물이 되었다.

"조금 전엔 저쪽 끝이라고 했잖아. 저기로 내려가보자."

우리는 보물찾기를 하듯이 통로에서 흩어졌다. 어떤 면에서는 정말 보물찾기였다.

그녀의 무덤을 발견한 사람은 에마누엘레였다. "이리 와 보세요! 여기 있어요." 아이가 소리쳤다.

우리는 목소리를 낮추라고 타일렀다. 그런 장소에서는 큰 소리를 내는 게 예의가 아니었기 때문이다.

"하지만 여긴 바깥이잖아요." 아이가 항의했다.

아이는 우리보다 죽은 사람들 사이에서 더 편안해 보였다. 이후에 나는 A 부인이 '가수 목소리'라고 말했던 우리 아들의 맑은 음성을 듣고 그들이 기뻐했을 거라고 생각했다.

묘지의 길고 하얀 대리석 판은 비에 씻겼는지 아니면 얼마 전 누군가가 들러 닦아놓았는지 깨끗했다. 에마누엘레가 그 위에 올라갔다. 노라가 말리려 했지만 내가 붙잡았다. A 부인이라면 그대로 놔뒀을 것이다. 아이는 A 부인의 컬러사진을 어루만지고, 바로 옆에 있는 레나토의 사진을 의아한 눈으로 살펴봤다. "안녕하세요?" 아이가 말했다.

아이는 대리석 판에 배를 대고 엎드렸다. 한쪽 귀를 대리석 판에 대고 한참이나 뭔가를 들었다. 겨우 알아차릴 정도였지만 아이의 입술이 달싹였던 걸로 봐서 마음속으로 그녀에게 말하고 있었던 것 같다. 아이는 일어나 무릎을 꿇고 한숨을 쉬었다. 조금 어른 흉내를 내는 듯한 우스운 한숨 소리였다.

마침내 아이가 큰 소리로 그녀의 이름을 불렀다. "안나."

Il nero e l'argento

옮긴이 한리나

문학의 경계를 자유로이 넘나들기를 바라면서 이탈리아 문학을 우리말로 번역하고 있다. 이탈리아 로마의 라 사피엔차대학교에서 박사과정 연수를 마치고, 고려대학교에서 '프리모 레비와 번역'에 관한 연구로 비교문학 박사학위를 받았다. 현재 한국외국어대학교에서 강의하고 있다. 옮긴 책으로 『타타르인의 사막』『루이지 기리의 사진 수업』『제노의 의식』『릴리트』『소수의 고독』『증명하는 사랑』 등이 있다.

문학동네 세계문학

증명하는 사랑

초판 인쇄 2024년 8월 14일 | 초판 발행 2024년 8월 27일

지은이 파올로 조르다노 | 옮긴이 한리나
책임편집 백지선 | 편집 신선영 김혜정
디자인 신선아 최미영 | 저작권 박지영 형소진 최은진 오서영
마케팅 정민호 서지화 한민아 이민경 안남영 왕지경 정경주 김수인 김혜원 김하연 김예진
브랜딩 함유지 함근아 박민재 김희숙 이송이 박다솔 조다현 정승민 배진성
제작 강신은 김동욱 이순호 | 제작처 천광인쇄사

펴낸곳 (주)문학동네 | 펴낸이 김소영
출판등록 1993년 10월 22일 제2003-000045호
주소 10881 경기도 파주시 회동길 210
전자우편 editor@munhak.com | 대표전화 031)955-8888 | 팩스 031)955-8855
문의전화 031)955-1927(마케팅) 031)955-2684(편집)
문학동네카페 http://cafe.naver.com/mhdn
인스타그램 @munhakdongne | 트위터 @munhakdongne
북클럽문학동네 http://bookclubmunhak.com

ISBN 979-11-416-0120-1 03880

잘못된 책은 구입하신 서점에서 교환해드립니다.
기타 교환 문의 031)955-2661, 3580

www.munhak.com